Edgar Allan Poe

Histórias
assombrosas

Stories of Amazement

Adaptação de Telma Guimarães

Ilustrações de Alexandre Camanho

Dados Internacionais de Catalogação na Publicação (CIP)
(Câmara Brasileira do Livro, SP, Brasil)

> Guimarães, Telma
> Histórias assombrosas = Stories of amazement / Edgar Allan Poe; adaptação de Telma Guimarães; ilustrações de Alexandre Camanho. -- São Paulo: Editora do Brasil, 2015. -- (Coleção Biclássicos)
>
> Edição bilíngue: português/inglês.
> ISBN 978-85-10-05802-5
> 1. Literatura infantojuvenil I. Poe, Edgar Allan, 1809-1849. II. Camanho, Alexandre. III. Título. IV. Título: Stories of amazement. V. Série.
>
> 15-00936   CDD-028.5

Índices para catálogo sistemático:
1. Literatura infantil   028.5
2. Literatura infantojuvenil   028.5

© Editora do Brasil S.A., 2015
Todos os direitos reservados

Texto © Telma Guimarães
Ilustrações © Alexandre Camanho

Direção executiva
Maria Lúcia Kerr Cavalcante Queiroz

Direção editorial	Cibele Mendes Curto Santos
Gerência editorial	Felipe Ramos Poletti
Supervisão de arte, editoração e produção digital	Adelaide Carolina Cerutti
Supervisão de controle de processos editoriais	Marta Dias Portero
Supervisão de direitos autorais	Marilisa Bertolone Mendes
Supervisão de revisão	Dora Helena Feres
Coordenação editorial	Gilsandro Vieira Sales
Assistência editorial	Flora Vaz Manzione
Auxílio editorial	Paulo Fuzinelli
Coordenação de arte	Maria Aparecida Alves
Design gráfico	Ricardo Borges
Coordenação de revisão	Otacilio Palareti
Revisão	Andréia G. Andrade
Coordenação de editoração eletrônica	Abdonildo José de Lima Santos
Editoração eletrônica	Armando F. Tomiyoshi
Coordenação de produção CPE	Leila P. Jungstedt
Controle de processos editoriais	Bruna Alves, Carlos Nunes e Rafael Machado

1ª edição / 1ª impressão, 2015
Impresso na Intergraf Indústria Gráfica Eireli

Rua Conselheiro Nébias, 887, São Paulo, SP, CEP: 01203-001
Fone: (11) 3226-0211 — Fax: (11) 3222-5583
www.editoradobrasil.com.br

Edgar Allan Poe

Histórias
assombrosas
Stories of Amazement

Adaptação de Telma Guimarães

Suplemento de Atividades

Elaborado por Rodrigo Mendonça

NOME: _____
ANO: _____
ESCOLA: _____

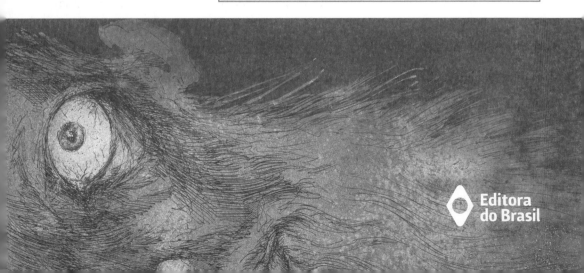

Você gosta de histórias de horror e de mistério? Edgar Allan Poe é um dos mestres desses gêneros. Inspiração para diversos autores, ele até hoje é considerado um grande escritor, difícil de ser superado. Nos quatro contos deste livro temos incríveis histórias dele: um desaparecimento que paralisa toda uma cidade; um barril de vinho muito especial e uma vingança; um jovem obcecado e assombrado pelo estranho olho azulado de um velho; um roubo misterioso que deixa a polícia perplexa.

1 Relembrando

Leia as afirmações a seguir e, de acordo com os contos aos quais se referem, marque-as como verdadeiras (**V**) ou falsas (**F**).

a) ☐ O senhor Shuttleworthy e Charles Goodfellow são vizinhos e amigos, e passam diversas tardes juntos. Shuttleworthy gosta tanto de Goodfellow, que promete a ele uma caixa de seu vinho favorito.

b) ☐ Pennifeather, sobrinho de Shuttleworthy, foi quem teve a ideia de enviar o cadáver do tio à casa de Goodfellow, como vingança por ter sido preso injustamente.

c) ☐ Em "O barril de Amontillado", o narrador, Montresor, leva Fortunato até as catacumbas para que ele prove o vinho, e só depois resolve se vingar dele.

d) ☐ No conto "A carta furtada", o detetive presencia o roubo de uma carta, mas depois a encontra.

e) ☐ O detetive G. não percebe que a carta estava o tempo todo em um local muito visível.

f) ☐ Em "O coração revelador", é possível concluir que o narrador faz o que faz movido pela loucura.

2 Pontos de vista

O narrador do conto "Foi você!" é chamado de narrador-personagem, ou seja, é um narrador que participa da história e conta os acontecimentos com base em seu ponto de vista. Portanto, todos os eventos da história são narrados como ele os vê e só tomamos conhecimento daquilo que ele sabe da história.

Agora pense de que forma os personagens a seguir veriam os eventos da história. Tente imaginar até que ponto eles sabem dos fatos e de que maneira julgam tudo o que aconteceu. Em seguida, escolha um deles e escreva no caderno uma pequena narrativa que conte a história sob o ponto de vista desse personagem. Lembre-se de que eles não sabem tudo sobre a história e que, por vezes, a participação deles é limitada.

- Charles Goodfellow
- Shuttleworthy
- Pennifeather

3 Você é o escritor

"O barril de Amontillado" é um dos contos em que Poe usa a vingança como tema. Pesquise em jornais, revistas ou internet a notícia de algum crime movido por vingança e, com suas palavras, transcreva-a identificando quem são os envolvidos, onde e quando o crime ocorreu e o que motivou a vingança. Converse com os colegas e o professor sobre o assunto. Depois, escolha um dos elementos dessa notícia: pode ser o criminoso, a vítima, o local, o motivo ou o que mais chamou sua atenção, e escreva no caderno uma pequena história de vingança com ele.

4 What is wrong?

As sentenças a seguir são do conto "The Tell-Tale Heart" e estão erradas. Reescreva-as corrigindo os erros.

a) The narrator says that he is mad, but the reader might consider him so.

_____
_____

b) The old man was mean. He was killed because of the way he treated the narrator.

_____
_____

c) The narrator observed the man for one night before he entered the room and killed him.

_____
_____

d) After he killed the man, he called the police because he heard strange noises.

_____
_____

5 Organize the facts

Os fatos a seguir se referem ao conto "The Purloined Letter". Enumere-os de acordo com a ordem dos fatos.

☐ Detective G. tells his friends about the letter.

☐ Ministry D. steals the letter.

☐ The woman asks for the detective's help to find the letter.

☐ The detective and the police start looking for the letter.

☐ Dupin finds the letter and gives it to the detective.

d) I _____ (counted/haven't counted) on my ventriloquial abilities to make it seem that Shuttleworthy _____ (speaks/was speaking) on his own. For their effect, I counted on the conscience of the miserable murderer.

3 Describing characters

No quadro há alguns adjetivos. Use-os para descrever os personagens do conto "The Cask of Amontillado", de acordo com o exemplo a seguir. Caso não conheça alguns dos adjetivos, pesquise antecipadamente o significado dele.

| intelligent | creative | mysterious |

Edgar Allan Poe

Edgar Allan Poe was an intelligent and creative man who loved to write. He died in a mysterious way.

| revengeful | drunk | cruel |
| opportunist | greedy | unsympathetic |

Fortunato

_____
_____

Montresor

_____
_____

4 O coração revelador

Reflita sobre como você se sentiu ao ler o conto "O coração revelador" e responda às questões a seguir.

a) O conto provocou em você algum sentimento, alguma sensação? Qual? Por quê?

_____

_____

b) Que elementos do texto e da história você acha que podem ter contribuído para que se sentisse assim?

_____

_____

_____

c) Em sua opinião, o fato de o conto ser narrado em primeira pessoa pode ser uma forma de o autor aumentar a tensão da narrativa? Por quê?

_____

_____

5 Sentimento e razão

Ódio e amor geralmente são associados ao coração. Já a loucura e a razão, ao cérebro. Em "O coração revelador", o narrador afirma não ser louco, porém mata o velho devido ao ódio que sente de seu olho.

a) Em sua opinião, o narrador o matou por ser louco ou por ter sido movido pelo ódio? Apresente um argumento que justifique sua resposta.

_____

_____

_____

_____

b) Durante o conto, o narrador afirma que, apesar de ele não ser louco, o leitor provavelmente o considera como tal. Descreva as características presentes no texto que indicam sinais de loucura.

_____
_____
_____
_____

c) Leia novamente o título do conto. Para você, de quem é o coração revelador: do narrador ou do velho? Justifique sua resposta.

_____
_____
_____
_____
_____

5 *Revelando um segredo...*

No conto "A carta furtada", a carta em questão tinha uma mensagem comprometedora, mas que em momento nenhum é revelada ao leitor. Escreva uma carta em uma folha avulsa dizendo o que você acha que pode ser esse conteúdo. Não se esqueça de usar elementos comuns às cartas, como data, local e assinatura. Você também pode inventar um pseudônimo, ou seja, um nome que não seja verdadeiro, e compartilhar o que escreveu com os colegas.

Activities

1 Relembrando os personagens

Associe os personagens a seguir aos contos em que eles aparecem:

a) A mad man   ☐ The Purloined Letter

b) A man who wants revenge   ☐ You Are The Man!

c) A blackmailer minister   ☐ The Cask of Amontillado

d) A corpse and a ventriloquist   ☐ The Tell-Tale Heart

2 Complete if you can

Nas frases a seguir, só uma das opções entre parênteses serve para completá-las corretamente. Sem olhar no livro, escolha a palavra correta para cada caso.

a) It happened that I _____ (hear/had heard) the conversation between the two friends. Goodfellow _____ (had flattered/flattering) his host into the promise of a box of Château-Margaux.

b) I acted on this idea. I _____ (was looking/looked) for a hard piece of whalebone and forced it down the throat of the corpse.

c) I _____ (knew/know) that as soon as the lid was removed, it would fly off and the body up.

Sumário

Apresentação 4

Histórias assombrosas 7

    Foi você! 8

    O barril de Amontillado 24

    O coração revelador 34

    A carta furtada 42

Stories of Amazement 57

Glossary 84

Biografias 88

Apresentação

UMA DAS PRIMEIRAS COISAS QUE FAÇO quando viajo é entrar numa livraria para ver as novidades. E, como professora de Inglês e Português, fico louca por livros bilíngues! Foi assim que, na última viagem que fiz à Itália, comprei alguns clássicos, em italiano e inglês. Ideia na cabeça, parti para uma outra etapa: apresentar o projeto desta coleção, com adaptações de clássicos em português e inglês, à Editora.

Uma vez aprovado, o primeiro passo: comprar muitos e muitos livros. Afinal, para se fazer uma adaptação bem bacana, é necessário ler a história, se possível, em sua língua original, além de várias adaptações já publicadas. Pesquisar a vida do autor e um pouco da época em que viveu também é muito importante. Depois disso, posso arregaçar as mangas para dar forma ao trabalho.

O que se mantém numa adaptação? Tudo o que caracteriza o estilo do autor na obra, procurando, apesar dos cortes e escolhas, deixar presente a essência do livro. Texto integral à mão, adaptações espalhadas pela mesa de trabalho, vou reescrevendo, atualizando as expressões mais antigas, tentando dar agilidade a uma história bem mais longa. A adaptação está aí não para resumir uma obra clássica, nem para substituir sua leitura na íntegra, mas para servir como um primeiro contato, uma introdução ao universo desses textos — consagrados por séculos muitas vezes —, diminuindo distâncias e aproximando o livro dos jovens leitores.

E, como este projeto se propõe a ser bilíngue, o trabalho é em dobro. Se em português não tenho tanta preocupação com o tamanho do texto, em inglês é bem diferente. Depois de mapear todo o conteúdo curricular desse leitor, vou tentar reescrever o texto usando a gramática e o vocabulário que ele conhece, sempre acrescentando algumas coisas. É preciso muito cuidado com a gramática, as novas expressões, o vocabulário e com o tamanho do texto, para que ele não fique extenso. Afinal, se houver muita dificuldade já nas páginas iniciais, o leitor pode desistir das seguintes.

Uma vez prontas as duas adaptações, organizo-as lado a lado e confiro se estão iguais. Claro que o texto em português é maior, mas a versão na língua estrangeira precisa ter o mesmo ritmo e as mesmas características.

Trabalho terminado? Nada disso! É a hora de preparar o vocabulário, verificar as expressões, fazer alguns ajustes, correções... Sim, pois, em se tratando de uma adaptação também em língua estrangeira, todo cuidado é pouco.

Pronto. A parte do autor está bem adiantada. É hora de entrar o trabalho do editor: apontar erros, sugerir mudanças, indagar... Com uma única intenção: fazer com que o texto fique "no ponto". É ele que vai prepará-lo, editá-lo — ou seja, dividi-lo em tantas páginas — para depois, com o editor de arte, definir o projeto da coleção, seu formato, a fonte e o corpo das letras, o tipo de papel, a capa, os ilustradores...

E eu? Ora, eu continuo trabalhando na revisão do texto — sim, porque ele volta várias vezes para acertos —, na leitura da primeira prova, segunda, terceira... E, ao mesmo tempo, tentando criar outra história, com a alegria de quem está sempre pronta para um novo desafio!

Telma Guimarães

Edgar Allan Poe

Histórias
assombrosas

Adaptação de Telma Guimarães

Foi você!

ESTE ACONTECIMENTO se deu há algum tempo. O senhor Barnabas Shuttleworthy – um dos mais ricos e respeitáveis cidadãos da região – havia sumido por alguns dias, em circunstâncias que provocaram a suspeita de que teria havido um crime. Shuttleworthy havia saído muito cedo num sábado de manhã, de Rattleborough, a cavalo. Sua intenção era ir até a um vilarejo a vinte e quatro quilômetros de distância, e voltar à noite. Duas horas depois de sua partida, porém, seu cavalo voltou sem ele e sem os alforjes que tinham sido amarrados com correias no lombo do animal antes da partida. O cavalo estava ferido e coberto de lama. Essas circunstâncias alarmaram os amigos do homem desaparecido.

No domingo de manhã, quando as pessoas perceberam que o homem não havia voltado, já saíram em busca de seu corpo.

O primeiro e mais ativo na busca foi seu melhor amigo, Charles Goodfellow[1].

Não fui capaz de averiguar se o nome Goodfellow é uma coincidência assombrosa ou se exerce um efeito sutil no caráter

---

[1] Em inglês, seria o equivalente a "bom camarada".

de quem tem esse nome. Mas é um fato inquestionável, pois jamais conheci uma pessoa de nome Charles que não fosse receptiva, valente, honesta, virtuosa e sincera, com voz clara, forte, agradável de ouvir e de um olhar que parece encarar a gente, como se dissesse: "Tenho a consciência limpa, não tenho medo de ninguém e não sou capaz de atos indignos." Por esse motivo que pessoas cordiais costumam ter esse nome, "Charles".

Embora Charles Goodfellow estivesse em Rattleborough não mais do que seis meses e ninguém soubesse qualquer coisa sobre ele antes de sua mudança para a vizinhança, ele não teve a menor dificuldade em fazer amizade com os cidadãos respeitáveis da redondeza. Não havia uma só pessoa que não acreditasse piamente numa palavra sua; quanto às mulheres, não havia favor que não quisessem lhe fazer. E tudo isso resultou de ter recebido, em batismo, o nome Charles, e o rosto ingênuo era sua melhor carta de recomendação.

Shuttleworthy era um dos mais respeitáveis homens e, com certeza, o mais rico em Rattleborough. Charles Goodfellow era tão amigo de Shuttleworthy que até parecia seu irmão. Os dois homens eram vizinhos; no entanto, Shuttleworthy raramente o visitava. Era sabido que Shuttleworthy nunca havia feito uma refeição na casa de Goodfellow, o que não impediu que a amizade continuasse íntima. Charley não deixava um dia passar sem parar de três a quatro vezes para ver como o vizinho estava. Muito frequentemente ficava para o café da manhã, e quase sempre para o jantar. Seria difícil precisar a quantidade de vinho que os dois tomavam a cada encontro.

A bebida predileta de Charles era o vinho Château-Margaux, e Shuttleworthy parecia ficar tão feliz ao ver o amigo tomar copos e mais copos que certa vez comentou:

– Vou dizer uma coisa, velho amigo Charley, você é a pessoa mais amável que já encontrei desde que nasci. E como gosta de tomar vinho, ficaria feliz de presenteá-lo com uma grande caixa de Château-Margaux. Que eu seja devorado até os ossos (o senhor Shuttleworthy tinha o lamentável hábito de praguejar, embora não passasse de "Que eu seja devorado até os ossos", "Caramba!", "Pelas barbas do profeta!") se não encomendar hoje mesmo, à tarde, duas caixas do melhor vinho que encontrar para te dar de presente. Não diga uma palavra! Vou encomendar e não se fala mais nisso! E não se preocupe. O vinho chegará a nossas mãos num desses belos dias, quando menos esperarmos.

Cito essa pequena demonstração de bondade por parte do senhor Shuttleworthy para mostrar a intimidade e a compreensão que existiam entre os dois amigos.

Bem, no domingo de manhã em questão, quando todos perceberam que algo de ruim havia acontecido a Shuttleworthy, não notei ninguém mais comovido do que Charles Goodfellow. Quando soube que o cavalo voltou para casa sem o dono, sem os alforjes e todo ensanguentado por um tiro de pistola que atravessara o peito do animal, ele ficou pálido como se quem tivesse morrido fosse o irmão ou o próprio pai, tremendo como se estivesse com malária.

A princípio não quis tomar uma atitude mais incisiva. Durante um bom tempo insistiu para que os amigos de Shuttleworthy esperassem um tempo – de uma semana a duas, de um a dois meses – para ver se algo não iria acontecer... Quem sabe Shuttleworthy surgisse de repente e explicasse as razões pelas quais o cavalo voltara antes dele?

Algumas pessoas que passam por sofrimentos sentem uma inclinação para adiar tomadas de atitudes. Suas habilidades mentais parecem ficar letárgicas, e essas pessoas sentem às vezes que não há nada no mundo melhor do que ficar na cama, tranquilamente, cuidando da tristeza, como dizem os mais velhos, mastigando o problema.

Como as pessoas de Rattleborough consideravam Goodfellow uma pessoa discreta e sábia, acabaram concordando com ele e decidiram nada fazer até que algo acontecesse.

Eu acredito que essa teria sido a decisão geral, não fosse a interferência muito suspeita do sobrinho do senhor Shuttleworthy, moço de hábitos dissimulados e de mau caráter. Esse sobrinho, chamado Pennifeather, não concordava em ficar quieto, e insistia na busca imediata pelo "cadáver do homem assassinado" – era essa a expressão que utilizava.

Na época, Goodfellow observou que era "uma expressão estranha". Essa observação de Charles também teve grande efeito na multidão. Uma das pessoas chegou a perguntar como é que o jovem Pennifeather podia afirmar que seu rico tio havia sido assassinado.

Depois disso ocorreram algumas discussões entre as pessoas da multidão, principalmente entre Charles e Pennifeather. Essa discussão não era novidade, pois três ou quatro meses antes Pennifeather havia esmurrado Charles Goodfellow, alegando um excesso de liberdade que o homem tomara na casa do tio, onde o sobrinho estava morando ultimamente.

Nessa ocasião, Charles Goodfellow comportou-se com atitude exemplar e caridade cristã. Ele levantou-se, endireitou a roupa e nem tentou revidar... Simplesmente balbuciou algumas palavras relativas a "vingar-se na primeira oportunidade", uma explosão de raiva bastante compreensível, que nada significou e que sem dúvida ficou logo esquecida.

Os moradores de Rattleborough, em razão da convicção de Pennifeather com relação à morte do tio, resolveram espalhar-se na primeira oportunidade pelas proximidades à procura do desaparecido Shuttleworthy.

Depois que decidiram fazer essa busca, considerou-se quase fora de questão que os investigadores se dispersassem; eles se dividiriam em equipes para uma observação mais completa da região e de seu entorno. Entretanto, não me lembro qual foi o engenhoso raciocínio que o velho Charles Goodfellow utilizou para persuadir o grupo de que aquele era o plano mais imprudente que se poderia colocar em prática. Convenceu o grupo todo, com exceção de Pennifeather, de que deveriam começar com uma busca cuidadosa e completa, com os habitantes da cidade em massa, todos juntos, liderados pelo próprio Goodfellow.

Quanto a isso, não poderia existir melhor desbravador que Goodfellow, que todo mundo sabia ter olhos de lince. Ele conduziu o grupo a todo tipo de barranco e beco, por itinerários que ninguém suspeitava existir na vizinhança, e, embora a busca continuasse noite e dia por quase uma semana, nenhuma pista de Shuttleworthy foi encontrada.

Quando digo "nenhuma", não devo ser interpretado ao pé da letra, pois pista, até certo ponto, existia. O grupo rastreou as pegadas do cavalo do pobre homem até um lugar situado a cinco quilômetros a leste do bairro, na estrada principal que levava à cidade. Ali a pista desviava-se

para uma trilha através do bosque, que se ligava à estrada principal, e encurtava a distância em oitocentos metros. O grupo acompanhou as marcas das ferraduras por aquela trilha até chegar a uma lagoa de águas paradas, meio oculta pelo matagal, à direita da trilha. Do lado oposto da lagoa, nenhuma pista foi encontrada. Parecia, entretanto, que uma luta de alguma natureza havia acontecido ali, como se um corpo grande e denso, maior e mais pesado que um homem, tivesse sido arrastado da trilha para a água. A lagoa foi dragada cuidadosamente duas vezes, mas nada foi encontrado.

As pessoas estavam a ponto de voltar para casa, pois não tinham chegado a nenhum resultado, quando a Providência Divina recomendou ao senhor Goodfellow a tática de drenar toda a água. Esse plano foi recebido com vivas e cumprimentos ao "velho Charles Goodfellow", por sua inteligência e cautela. Como muitos tinham trazido suas pás na hipótese de que pudessem desenterrar um cadáver, a drenagem foi rapidamente concluída. Tão logo se avistou o fundo, no meio da lama restante surgiu um colete preto aveludado, que a maioria dos presentes reconheceu na hora como pertencente a Pennifeather. Esse colete estava rasgado e manchado de sangue. Várias pessoas do grupo lembravam-se de que o dono usara o colete na manhã da partida de Shuttleworthy para a cidade. Ao mesmo tempo, outras pessoas diziam poder jurar que Pennifeather não usava a roupa em questão naquele dia. Também não se encontrou ninguém que afirmasse ter visto Pennifeather vestindo aquele colete após o desaparecimento do tio Shuttleworthy.

As coisas estavam ficando difíceis para Pennifeather. Observou-se que, ao perguntarem se havia algo a dizer em seu favor, ficou bastante pálido e incapaz de pronunciar uma só palavra.

Depois disso, os poucos amigos de sua vida desregrada o abandonaram na mesma hora, protestando mais que seus inimigos declarados e exigindo sua prisão imediata.

De outro lado, a nobreza de Goodfellow brilhava em contraste. Ele fez uma defesa convincente de Pennifeather, na qual mencionou mais de uma vez seu sincero perdão àquele jovem descontrolado, "o herdeiro do valioso Shuttleworthy". Ele afirmou perdoá-lo de todo coração. Quanto a ele, Goodfellow, longe de levar as circunstâncias suspeitas ao extremo, disse que faria o que pudesse e utilizaria toda sua habilidade para suavizar aquele caso tão espantoso.

Assim, Goodfellow discursou por mais meia hora. As pessoas amáveis geralmente se mostram coesas em suas observações e terminam por meter-se em toda espécie de tolices, contratempos e imprudências na ânsia de servir a um amigo... De modo que, muitas vezes, com a melhor das intenções, causam mais prejuízo que progresso.

Por mais que Charles Goodfellow tentasse atenuar as suspeitas sobre Pennifeather, a cada sílaba que pronunciava, ele produzia inconscientemente na multidão o efeito de intensificar mais ainda a fúria e a suspeita sobre o rapaz.

Um dos erros cometidos pelo orador foi citar o suspeito como "herdeiro do digno cavalheiro Shuttleworthy". Isso não ocorrera a ninguém. Eles só se lembravam de algumas ameaças proferidas pelo tio um ou dois anos antes, excluindo o único parente – o sobrinho – da herança. A observação do velho Charles fez com que uma pergunta surgisse: *"Cui bono?"*, ou seja, "Quem ganha?", pergunta que ligava, mais do que o colete, o jovem ao crime. E aqui, para que eu não seja mal interpretado, permitam que explique um pouco essa expressão latina, mal traduzida e mal explicada. *"Cui bono?"*, em todas as novelas famosas e em qualquer outra parte, é traduzida como "com que propósito?" ou "com que finalidade?". Seu verdadeiro sentido, porém, é "para proveito de quem?". *"Cui"*, a quem, e *"bono"*, proveito, vantagem. No exemplo presente, a pergunta *"cui bono?"* implicava diretamente Pennifeather.

Depois de ter feito um testamento em seu favor, seu tio havia ameaçado deserdá-lo. Mas a ameaça não fora cumprida e supunha-se que o testamento original não tivesse sofrido alterações. Se tivesse sido alterado, o único motivo provável para o crime por parte do sobrinho teria sido a vingança.

O senhor Pennifeather foi detido, e o grupo, depois de vasculhar um pouco mais, voltou para a vila, levando-o sob custódia.

No entanto, no caminho algo ocorreu, e a suspeita foi confirmada. Eles viram Goodfellow, que estava adiante do grupo, correr e inclinar-se,

aparentemente pegando algum objeto pequeno da grama. Examinou-o rapidamente e então tentou escondê-lo no bolso do casaco. Essa atitude foi percebida e consequentemente impedida. Verificou-se que era uma navalha espanhola que uma dúzia de pessoas reconheceu como propriedade de Pennifeather. Além disso, suas iniciais estavam gravadas no cabo, e a lâmina da navalha estava aberta e coberta de sangue.

Agora não restava nenhuma dúvida da culpa do sobrinho. Tão logo chegaram a Rattleborough, o rapaz foi levado ao juiz para um inquérito.

Novamente as questões tomaram um rumo desfavorável. Interrogado quanto ao seu paradeiro na manhã do desaparecimento do tio, Pennifeather confirmou que naquela mesma manhã ele havia saído com seu rifle de caçar veados, nas imediações da lagoa onde o colete manchado de sangue tinha sido encontrado.

Com lágrimas nos olhos, Goodfellow deu um passo à frente e, pedindo para depor, disse que não podia mais permanecer em silêncio.

Até esse ponto, a mais sincera afeição pelo jovem o havia feito explicar o que parecia suspeito nas circunstâncias tão convincentes contra o senhor Pennifeather. Essas circunstâncias eram tão claras, tão incriminatórias, que ele não vacilaria por mais tempo... Diria tudo o que sabia, embora seu coração, por causa desse esforço, fosse ficar despedaçado.

Começou então a contar que na tarde anterior à da partida de Shuttleworthy para a cidade ele havia se referido ao sobrinho em sua presença e que o propósito de sua ida à cidade era o de fazer um depósito de alta soma em dinheiro no banco Farmers and Mechanics. Nessa mesma ocasião, o amigo havia dito ao sobrinho sobre sua irrevogável decisão de anular o testamento feito, deixando-o sem nenhum centavo. Fazia então, naquele momento, um sério pedido ao acusado no sentido de afirmar se aquilo era ou não verdade. Para grande assombro dos presentes, Pennifeather admitiu honestamente que era tudo verdade.

Então o juiz decidiu que devia enviar dois policiais para fazer uma busca no quarto do acusado, na casa de seu tio. Voltaram logo em seguida, trazendo a conhecida carteira de couro que Shuttleworthy usava há anos. Dentro da carteira, porém, não havia nada.

O juiz tentou, inutilmente, obrigar o prisioneiro a confessar o uso que fizera do dinheiro ou o lugar em que o escondeu. O jovem negou de forma persistente saber algo sobre o assunto.

Os policiais também descobriram, entre a cama e um saco pertencente ao desafortunado homem, uma camisa e um lenço de pescoço, ambos marcados com suas iniciais e manchados com o sangue da vítima. Nesse momento, alguém informou que o cavalo do homem assassinado acabara de morrer na estrebaria, em razão do tiro que recebera.

Por causa disso, Goodfellow propôs que se fizesse a autópsia do animal com o intuito de recuperar a bala. Isso foi feito. E para demonstrar a culpa do acusado, depois de uma busca considerável pela caixa torácica do animal, Goodfellow localizou e retirou uma bala de tamanho excepcional. Após ser examinada, concluiu-se que o projétil se adaptava exatamente ao calibre do rifle de Pennifeather.

Para não deixar dúvidas, descobriu-se que aquela bala tinha uma fissura em ângulo reto, diferente da habitual. Verificou-se que essa fissura correspondia precisamente a um relevo, num par de moldes que o acusado reconheceu como seu.

Com a descoberta dessa bala, o juiz não quis mais ouvir qualquer outro testemunho e imediatamente ordenou o julgamento do prisioneiro. O juiz também negou fiança para o caso, embora Goodfellow, sob protestos, tenha se oferecido como fiador de qualquer quantia determinada. Essa nobreza por parte de Goodfellow combinava com seu comportamento amigável e cavalheiro, demonstrado durante o período de sua permanência em Rattleborough.

No presente caso, esse homem digno deixou-se envolver de tal modo pelo sentimento de piedade que, ao se oferecer como fiador de Pennifeather, parecia ter se esquecido de que ele próprio não tinha sequer um tostão furado.

O resultado da detenção era previsível. Pennifeather, no meio de tantas denúncias do povo de Rattleborough, foi levado a julgamento na sessão seguinte do júri, quando a reunião de provas circunstanciais era considerada tão completa e conclusiva que os integrantes do júri, sem sair do lugar, deram o veredito na mesma hora: "Culpado de assassinato em primeiro grau".

Logo depois, o desgraçado recebeu a sentença de morte e foi levado para a prisão do município para aguardar a vingança implacável da lei.

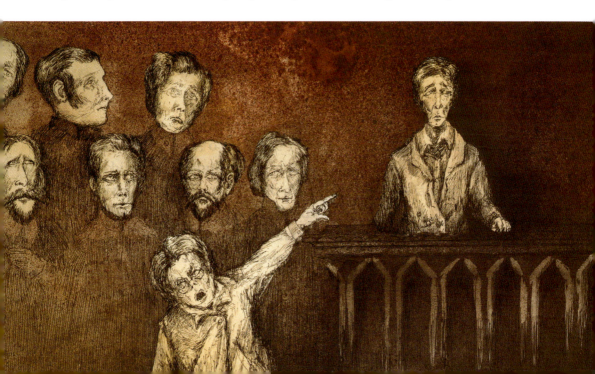

Nesse meio tempo, a nobre conduta de Charles Goodfellow o fez ser mais estimado ainda pelos habitantes do lugar. Ele tornou-se dez vezes mais o favorito e, como resultado natural da hospitalidade com que era tratado, deixou de lado os hábitos singelos que a pobreza o fizera ter até então, passando a oferecer com frequência reuniões em sua casa, onde a alegria e a graça reinavam absolutas, diminuindo, é claro, com a lembrança do terrível destino que pairava sobre Pennifeather.

Um belo dia, o generoso Goodfellow surpreendeu-se com a seguinte carta:

Ilustríssimo Senhor Goodfellow

De acordo com um pedido enviado à nossa empresa há dois meses por nosso prestigiado comprador, o senhor Barnabas Shuttleworthy, temos a honra de remeter esta manhã, ao seu endereço, uma caixa dupla de Château-Margaux, marca antílope, selo roxo. Caixa numerada e marcada de acordo com a margem.

Atenciosamente e sempre ao seu dispor,
"Hoggs, Frogs, Bogs & Cia."

PS: A caixa chegará de trem, um dia após o recebimento desta carta. Nossas estimas ao senhor Shuttleworthy.

"H., F., B. & Cia."

A verdade é que, desde a morte do senhor Shuttleworthy, Goodfellow não tinha mais expectativa de receber o prometido vinho; assim, considerou a encomenda como uma espécie de oferta especial da Providência Divina em seu benefício. Ele ficou tão encantado que convidou muitos amigos para um jantar no dia seguinte, com a finalidade de abrir o presente do velho e bondoso amigo. Na verdade, não citou o "velho e bondoso amigo" ao fazer os convites. Havia pensado muito e decidido nada dizer. Não fez menção a ninguém – se me recordo direito – por ter recebido de presente o vinho Château-Margaux. Ele simplesmente pediu aos amigos que viessem à sua casa e o ajudassem a beber um vinho de qualidade e sabor incomparáveis, que ele havia encomendado da cidade dois meses antes e que chegaria no dia seguinte.

Já pensei e repensei no motivo pelo qual Goodfellow decidiu nada contar sobre o presente por parte do velho amigo e nunca pude compreender a razão de seu silêncio, apesar de ter alguma boa razão para tal.

O dia seguinte chegou e uma grande quantidade de pessoas respeitáveis compareceu à casa de Goodfellow. Metade do município estava lá – inclusive eu. Para a perplexidade do anfitrião, o vinho só chegou bem tarde, quando o grandioso jantar oferecido por Goodfellow já havia terminado. Quando a imensa caixa chegou, decidiu-se que seria colocada sobre a mesa e aberta imediatamente.

Dito e feito. Também ajudei e em pouco tempo colocamos a caixa sobre a mesa, no meio de garrafas e copos, muitos dos quais se quebraram na bagunça.

Goodfellow, que já estava bêbado e com o rosto bem vermelho, sentou-se, com ar de falsa nobreza, à cabeceira da mesa e, com um decânter, começou a bater com força sobre ela, dizendo a todos que se comportassem durante a cerimônia de abertura do tesouro.

Depois de algumas reclamações, o silêncio voltou a reinar. Pediram então que eu abrisse a tampa, no que, claro, concordei com prazer.

Utilizei uma ferramenta para abrir e, após algumas marteladas, a tampa da caixa soltou-se. Na mesma hora surgiu, sentado e olhando diretamente para o anfitrião, o cadáver machucado, sangrento e quase podre do assassinado, o senhor Shuttleworthy.

O cadáver, com olhos sem brilho e magoados, e que fitava o rosto de Goodfellow, disse pausadamente e de forma clara as seguintes palavras:
– "Foi você!"

Depois, caiu sobre um lado do peito, como se estivesse satisfeito, estirando os braços e as pernas sobre a mesa.

O que aconteceu depois é impossível descrever. As pessoas correram em direção às portas e janelas, e muitos dos homens mais fortes na sala desmaiaram de medo.

Após a primeira explosão de terror, todos olharam para Goodfellow. Mesmo que eu vivesse mil anos não poderia esquecer a agonia mortal

que pairava em seu rosto, até então rosado pelo vinho e pelo triunfo. Por alguns minutos ele continuou sentado, imóvel como uma estátua feita em mármore. Seus olhos pareciam contemplar a própria alma, miserável e assassina. Então, sua expressão, finalmente, pareceu ter vida de novo... E, num salto, ele saiu da cadeira e jogou-se sobre a mesa. Com o próprio corpo em contato com o cadáver, confessou em detalhes ter cometido o horrendo crime pelo qual Pennifeather fora condenado à morte.

O que ele narrou foi, em resumo, isto: ele seguiu Shuttleworthy até as imediações da lagoa, atirou no cavalo com sua pistola e acertou o amigo com a coronha da pistola; então pegou a carteira e, achando que o cavalo estava realmente morto, arrastou-o com muito esforço até o matagal perto da lagoa. No seu próprio cavalo, colocou o corpo de Shuttleworthy, levando-o para um local seguro a uma grande distância do bosque.

O colete, a navalha, a carteira e a bala foram colocados por ele mesmo nos lugares onde foram encontrados, com o propósito de vingar-se de Pennifeather. Ele também planejou a descoberta da camisa e do lenço manchados de sangue.

Ao final da confissão, que foi de fazer o sangue gelar, o culpado começou a gaguejar. Quando Goodfellow terminou de falar, ficou em pé, cambaleou para atrás da mesa e caiu... Completamente morto!

****

Os meios pelos quais essa confissão cronometrada aconteceu foram simples. A sinceridade em excesso de Goodfellow me deixou enojado, despertando minhas desconfianças desde o começo. Eu estava presente quando o jovem Pennifeather o atacou. O rosto de Goodfellow fora tomado por uma expressão enfurecida que, mesmo momentânea, me deu a certeza de que uma vingança estava em seus planos. Assim, me preparei para observar suas artimanhas sob uma luz diferente daquela dos habitantes do lugar. Notei que as descobertas incriminadoras surgiam sempre por parte dele, de forma direta ou indireta. Mas o acontecimento que abriu meus olhos para a real situação do caso foi a bala, achada por Goodfellow, no tórax do cavalo. Eu não tinha esquecido, apesar de que os habitantes de Rattleborough nem se lembravam, que a bala tinha entrado por um lugar e saído por outro. Se a bala foi encontrada no animal mesmo depois de ter saído, percebi que só podia ter sido colocada ali dentro pela pessoa que a encontrou. Os objetos ensanguentados confirmavam a ideia sugerida pelo projétil. Mas o sangue nas peças não passava de vinho. Quando refleti sobre tudo isso, sobre a generosidade de Goodfellow e sobre seus gastos, guardei a suspeita só para mim.

Enquanto isso, comecei uma procura solitária bem rigorosa pelo cadáver de Shuttleworthy, em locais bem diferentes daqueles por onde Goodfellow conduziu o grupo.

Depois de alguns dias, encontrei um poço antigo, seco, cuja abertura estava escondida sob uma amoreira. No fundo do poço encontrei o corpo que buscava!

Há tempos eu tinha escutado a conversa entre os dois amigos. Nela, Goodfellow bajulava o anfitrião, fazendo com que o amigo lhe prometesse uma caixa de Châteaux-Margaux. Foi aí que comecei a agir. Consegui um pedaço forte de barbatana de baleia e o enfiei pela garganta do morto. Depois, ajeitei o cadáver num velho caixote de vinho, tomando cuidado para dobrar o corpo ao meio. Dessa maneira, precisei apertar bem a tampa, fechando-a com pregos, para que não abrisse. Sabia que, quando os pregos fossem removidos, a tampa se soltaria, projetando o corpo para fora.

Depois de ter arrumado a caixa, eu a marquei, numerei, coloquei endereço e anexei uma carta em nome dos comerciantes de vinho com quem Shuttleworthy sempre tratava[2]. Chamei meu empregado e o instruí para que, depois de um sinal dado por mim, levasse a caixa num carrinho de mão até a porta da casa de Goodfellow. A frase dita pelo morto foi graças à minha habilidade de ventríloquo. Quanto ao efeito que a frase causou, contei com a consciência pesada do assassino desgraçado.

Acredito que não há mais nada a ser explicado. Pennifeather foi colocado em liberdade, herdando toda a fortuna do tio. Ele tirou proveito da experiência, virou essa página de sua história e agora segue uma vida nova e feliz.

---

[2] O autor, ao criar um título para a empresa que comercializava vinhos, brincou com as palavras – *hogs*, "porcos"; *frogs*, "rãs"; e *bogs*, "pântanos", deixando assim uma ironia logo no início da carta.

O barril de Amontillado

AGUENTEI DA MELHOR FORMA possível as mil provocações de Fortunato... Mas, quando ele se arriscou a me insultar, jurei vingança.

Finalmente eu me vingaria; era um propósito bastante resolvido – e a certeza da resolução impedia a ideia de risco. Eu precisava não só castigar mas castigar e sair impune.

Deve-se entender que nem por palavra ou atitude eu tinha dado motivo a Fortunato para duvidar da minha boa vontade. Continuei, como de hábito, a sorrir para ele, e ele não notou que o meu sorriso agora era movido pela ideia de seu sacrifício.

Fortunato tinha um ponto fraco, embora em outras características fosse um homem respeitado e temido. Ele se orgulhava de seu conhecimento em vinhos. Poucos italianos têm o verdadeiro espírito do "especialista". Na maior parte, seu entusiasmo é utilizado de acordo com o tempo e a oportunidade para zombar dos milionários britânicos e austríacos. No conhecimento de obras de arte e pedras preciosas, assim como seus compatriotas, era um impostor, mas, tratando-se de vinhos de boa qualidade, ele era sincero. Nesse aspecto eu não era diferente dele. Entendia de vinhos italianos de boas safras e comprava uma grande quantidade sempre que podia.

Foi ao cair da noite, durante os festejos de Carnaval, que encontrei meu amigo. Ele se aproximou de mim com entusiasmo excessivo, pois tinha bebido muito. Trajava uma vestimenta listrada e apertada, e em sua cabeça um capuz com guizos. Fiquei tão contente ao vê-lo que pensei que não ia mais conseguir parar de apertar sua mão.

– Caro Fortunato – eu disse a ele. – Que bom encontrar você! Está com uma aparência ótima hoje! Recebi um barril de vinho que dizem ser de Amontillado, mas tenho dúvidas!

– Como? Um barril de Amontillado? Impossível! E durante o Carnaval?

– Estou na dúvida! – respondi. – E fui tolo o bastante para pagar por ele sem consultar você sobre o assunto. Eu não o encontrei e estava com medo de perder um bom negócio.

– Amontillado!

– Estou na dúvida!

– Amontillado!

– Preciso resolver minha dúvida!

– Amontillado!

– Como você está ocupado, vou encontrar meu amigo Luchesi. Ele também é uma pessoa que conhece vinhos italianos... Ele vai me dizer...

– Luchesi não consegue distinguir um Amontillado de um vinho licoroso.

– E ainda dizem por aí que em termos de vinhos vocês dois têm a mesma competência.

– Vamos!

– Aonde?

– Até sua adega.

– Não, amigo. Não vou abusar da sua generosidade... Vejo que tem um compromisso. Meu amigo Luchesi...

– Não tenho nenhum compromisso... Venha.

– Não, amigo... Não é pelo compromisso... Percebo que está muito resfriado... As paredes da adega são muito úmidas e estão cheias de salitre.

– Não faz mal... Vamos! O frio não quer dizer nada. Amontillado! Você foi enganado! Quanto a Luchesi, ele não pode distinguir vinho licoroso de Amontillado.

Fortunato agarrou meu braço. Então, colocou uma máscara de seda preta no rosto, uma capa sobre mim e me apressou em direção ao meu palacete.

Não havia criados na casa. Eles tinham saído para aproveitar o feriado. Eu pedi que não retornassem até a manhã seguinte, dando ordens explícitas para que não mexessem na casa. Essas ordens garantiam o desaparecimento de todos assim que eu virasse as costas.

Peguei duas tochas das arandelas e entreguei uma delas a Fortunato. Passamos por várias salas até o arco que dava para a adega. Pedi que tomasse cuidado e assim descemos por uma longa escada caracol. Ao chegar ao final, estávamos lado a lado no chão úmido das catacumbas dos Montresors.

O andar de Fortunato era irregular, e os guizos do seu capuz tilintavam enquanto ele caminhava.

– O barril – ele disse.

– Está mais à frente – respondi. – Veja a teia branca que brilha nas paredes das catacumbas!

Ele me fitou com seus olhos intoxicados pela bebida, perguntando:

– Salitre?

– Salitre – respondi. – Há quanto tempo você tem essa tosse?

E Fortunato desandou a tossir, sem nem conseguir responder à minha pergunta.

– Não é nada – ele respondeu, por fim.

– Vamos voltar! Sua saúde é valiosa. Você é um homem rico, respeitado, admirado, amado. É feliz como já fui um dia. Sentirão sua falta... Quanto a mim... Ah, não importa! Vamos voltar! Você vai ficar doente e não posso ser responsável por isso. Além disso, Luchesi...

– Pare! – disse Fortunato. – A tosse não é nada, não vai me matar. Eu não vou morrer por causa de uma tosse.

– Verdade – respondi. – Não é minha intenção alarmar você sem motivo, mas deve se prevenir. Um gole desse vinho Medoc vai nos proteger da umidade – destampei uma garrafa que tirei de uma fileira de garrafas iguais a ela no chão.

– Beba – entreguei o vinho a ele.

Ele levou o vinho aos lábios com um olhar malicioso. Então fez uma pausa e balançou a cabeça, enquanto os guizos tilintavam.

– Eu bebo aos sepultados que repousam ao nosso redor.

– E eu à sua vida longa!

Mais uma vez ele me pegou pelo braço e prosseguimos.

– Essas adegas são imensas.

– Os Montresors – eu respondi – foram uma família grande e numerosa.

– Não me lembro do brasão de sua família...

– Um grande pé dourado em um campo azul, e o pé esmaga uma serpente cujas presas estão no calcanhar.

– Quais são os dizeres?

– *Nemo me impune lacessit*.³

– Bom! – ele exclamou.

O vinho cintilou em seus olhos e os guizos tilintaram. Minha própria fantasia se tornou quente com o Medoc. Tínhamos passado por paredes de ossos empilhados, com tonéis e barris, dentro das catacumbas. Eu parei novamente e dessa vez segurei no cotovelo de Fortunato.

– O salitre! – eu disse. – Veja, ele aumenta. Fica como musgo nas catacumbas. Estamos abaixo do leito do rio. A umidade entra pelos ossos. Venha! Vamos voltar! É muito tarde! Sua tosse...

– Não é nada! – ele respondeu. – Vamos continuar. – Mas, primeiro, outro gole de vinho...

Eu abri uma garrafa de vinho De Grave. Ele esvaziou-a num gole só. Seus olhos brilharam, ameaçadores. Ele riu e levantou a garrafa com um gesto que não entendi.

Olhei para ele, surpreso. Ele repetiu o estranho movimento.

– Você não compreende?

– Não – respondi.

– Então não faz parte da Sociedade.

– Como?

– Não é maçom... Não faz parte da maçonaria.⁴

– Como?

– Você não faz parte dos maçons.

– Sou sim – eu disse. – Sim! Sim!

– Você? Impossível! Um maçom?

– Um maçom – eu respondi.

– Me dê um sinal da maçonaria... – ele pediu. – Um sinal.

---

³ A frase latina *Nemo me impune lacessit* (em português "Ninguém me fere impunemente") era o lema oficial do Reino da Escócia, usado em seu brasão. A frase deve ter sido usada por Allan Poe em razão de ter sido adotado por um mercador escocês.

⁴ O autor brinca com a palavra *mason*, que, além de significar pedreiro em inglês, também quer dizer maçom (membro da maçonaria). Na Idade Média, os pedreiros eram os responsáveis pelo corte das pedras na construção de castelos e muralhas. Alguns dos símbolos da maçonaria são o compasso, o esquadro, a letra G, a pedra bruta, o cinzel e a pá de pedreiro.

— Está aqui — eu respondi, tirando uma pá de pedreiro debaixo de minha capa.

— Está brincando! — ele exclamou, retrocedendo. — Vamos continuar até o Amontillado.

— Sim, vamos... — Eu guardei a pá embaixo da capa e novamente ofereci o braço. Ele se apoiou em mim. Continuamos nosso caminho à procura do Amontillado. Passamos embaixo de muitos arcos, descemos, andamos mais e descemos de novo, até alcançarmos as profundezas de uma caverna, na qual a falta de ar diminuiu as chamas de nossas tochas.

Outra caverna surgiu ao final desta. Era menor, e suas paredes estavam forradas com restos mortais, empilhados até a abóbada de cima, como nas catacumbas de Paris. Três lados dessa caverna estavam ornados assim. No quarto lado, os ossos tinham sido retirados e jogados de qualquer jeito sobre o chão, formando um monte de tamanho considerável. Notamos que na parede da qual os ossos tinham sido retirados havia um vão, de aproximadamente um metro e vinte de largura por quase dois de altura. Não parecia ter sido construído para um uso especial, mas surgido do intervalo entre as duas colunas enormes das catacumbas, fechado ao fundo por uma das paredes de granito que as cercavam.

Fortunato tentou enxergar, com sua tocha quase apagada, pela escuridão que inundava a pequena caverna, mas não conseguiu.

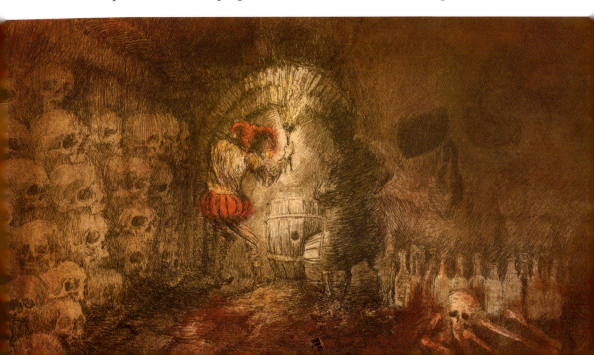

– Continue! – eu disse. – Aí está o Amontillado. Quanto a Luchesi...

– Ele é um ignorante! – meu amigo interrompeu, cambaleando, enquanto eu o seguia.

Num instante ele alcançou a ponta da caverna e, tocando o granito, parou, desorientado. Num segundo, eu o acorrentei ao granito. Na superfície da pedra havia dois ganchos de ferro, distantes cerca de sessenta centímetros um do outro. De um deles pendia uma corrente curta; de outro, um cadeado. Passar a corrente ao redor de sua cintura demorou apenas segundos. Ele estava assombrado e bêbado demais para resistir. Tirei a chave e dei alguns passos para trás.

– Passe a mão pela parede... Dá para sentir o salitre. É muito úmido. Posso implorar para você voltar, mais uma vez. Não? Então preciso deixar você. Mas tenho de lhe oferecer algumas delicadezas que tenho em meu poder.

– O Amontillado! – meu amigo ainda não estava refeito da surpresa.

– É verdade... O Amontillado! – respondi.

Enquanto falava, eu me encarregava da pilha de ossos que havia mencionado antes. Joguei-os para o lado e tirei debaixo da pilha pedras e argamassa. Com minha espátula de pedreiro, comecei a tapar a entrada da caverna.

Mal terminara a primeira camada quando notei que Fortunato não estava mais tão embriagado. A primeira evidência disso foi um gemido baixo, que veio lá do fundo. Não era o grito de um homem bêbado. Houve nesse momento um longo silêncio. Fiz a segunda, terceira e quarta fileira. Foi então que ouvi a agitação da corrente. O barulho durou vários minutos, durante o qual, para que eu pudesse escutar com mais prazer, parei de trabalhar e sentei-me sobre os ossos.

Quando o som diminuiu, peguei a espátula e terminei, sem interrupção, a quinta, a sexta e a sétima fileira. A parede estava agora quase na altura do meu peito. Fiz mais uma pausa e, segurando a tocha acima da parede quase terminada, lancei uma luz no vulto lá dentro.

De repente, uma sequência de gritos esganiçados que brotaram da garganta acorrentada quase me jogou para trás. Hesitei por um momento. Tremi. Peguei meu punhal e, com ele, comecei a tatear sobre o local, mas me tranquilizei. Coloquei a mão nas paredes sólidas das catacumbas e fiquei satisfeito. Cheguei mais perto da parede e respondi aos berros daquele que implorava. Gritei tanto, junto com ele, suplantando-o em altura e força. Depois disso, a gritaria acalmou.

Meia-noite e minha tarefa chegara ao fim. Eu havia completado a oitava, nona, décima e terminava uma parte da décima primeira fileira, ficando apenas uma última pedra para cimentar. Eu lutei com seu peso e arrumei-a parcialmente na posição desejada. Então veio de dentro da caverna uma risada que fez com que meus cabelos se arrepiassem. Depois da risada, uma voz triste, que mal reconheci como a do nobre Fortunato:

– Ha! Ha! Ha! Que piada! Que bela gozação! Ainda vamos rir muito disso no palácio, sobre nosso vinho! Ha! Ha! Ha!

– O Amontillado! – eu disse.

– Ha! Ha! Ha! Ha! Sim, o Amontillado! Mas não está ficando tarde? Minha esposa e os outros não estão nos esperando no palácio? Vamos embora...

– Sim, vamos – eu respondi.

– Pelo amor de Deus, Montresor!

– Sim, pelo amor de Deus! – respondi.

Após essas palavras, esperei em vão por uma resposta. Fiquei impaciente e gritei:

– Fortunato!

Nenhuma resposta. Gritei de novo.

– Fortunato!

Nenhuma resposta.

Coloquei a tocha pela abertura que ficara e deixei que ela caísse ali dentro. A única resposta que tive foi o tilintar dos guizos. Senti um peso no coração por causa da umidade das catacumbas. Apressei-me a finalizar meu trabalho.

Depois de colocar a última pedra no lugar, passei-lhe o reboco. Na frente da nova parede, empilhei a montanha de ossos.

Durante cinquenta anos nenhum mortal os perturbou.

In pace requiescat![5]

---

[5] Descanse em paz!

O coração revelador

VERDADE! Eu estava muito nervoso e ainda estou. Mas por que você vai dizer que estou louco? A doença não destruiu meus sentidos, ela os aguçou, principalmente minha audição. Eu ouvia todas as coisas no céu e na terra. Ouvia muitas coisas também no mundo abaixo da terra. Então, como estou louco? Vou contar de forma bem calma toda minha história.

Eu não posso dizer como a ideia entrou em minha cabeça, mas, ao entrar, passou a me assombrar dia e noite. Eu não tinha razão para esse crime. Eu não odiava o velho. Na verdade, eu gostava dele. Ele nunca me machucou. Nunca me insultou. Eu não queria o dinheiro dele. Acho que foi o olho dele! Sim, foi isso! Ele tinha o olho de um abutre. Era de um azul pálido, com uma pele por cima. Toda vez que olhava para mim com aquele olho azul pálido, meu sangue gelava. O tempo passou e eu decidi matar o velho e me livrar daquele olho para sempre.

Você acha que eu sou louco. Homens loucos não sabem o que estão fazendo. Você devia ter me visto. Devia ter visto como comecei meu trabalho de forma sábia, o cuidado, a prudência, a dissimulação que utilizei.

Na semana que antecedeu sua morte, fui bastante gentil com ele (algo que não ocorria antes!). Todas as noites, por volta de meia-noite, eu abria a porta de seu quarto bem devagarinho, até que pudesse colocar minha cabeça no vão da porta. Você teria dado risada ao ver como eu agia. Movia-me bem devagar, bem mesmo, para não perturbar o sono do homem, munido de uma lanterna desligada. Eu levava uma hora para colocar toda minha cabeça na abertura para vê-lo enquanto ele dormia em sua cama. Acha que um louco teria sido tão sábio? Quando já estava com a cabeça dentro do quarto, eu lançava um fio de luz sobre o olho do abutre. Repeti isso durante sete longas noites – sempre à meia-noite. Mas o olho permanecia fechado. E eu não conseguia fazer meu trabalho enquanto o olho estivesse assim. Eu não odiava o velho... Somente seu Olho do Mal.

A cada manhã, assim que o dia clareava, eu entrava corajosamente no quarto, falava com ele, chamando-o pelo nome em tom cordial e perguntava como ele havia passado a noite. Ele nunca soube que eu o espreitava enquanto dormia!

Na oitava noite, eu estava ainda mais cuidadoso que nunca ao abrir a porta. Nunca havia me sentido tão poderoso, tão sábio, mal podendo conter meus sentimentos de triunfo. Ali eu me encontrava, abrindo a porta pouco a pouco, o velho nem imaginando os meus pensamentos secretos. Eu ri com a minha ideia e talvez ele tenha me escutado, pois se mexeu na cama de repente, parecendo assustado. Você pode achar que recuei, mas não fiz isso. O quarto estava escuro e por isso eu sabia que ele não podia ver a abertura da porta. Continuei empurrando a porta e empurrando.

Eu estava a ponto de acender a lanterna quando naquele momento meu polegar deslizou no fecho de metal e o velho levantou-se da cama, gritando:

– Quem está aí?

Fiquei quieto e não disse nada. Durante uma hora não movi um músculo. Nesse período, eu não o ouvi deitar-se. Ele continuava sentado na cama, escutando... Justamente como fiz, noite após noite.

Então ouvi um gemido, e eu sabia que era um gemido de medo, não de dor ou pesar, mas um som sufocado que brota do fundo da alma quando sobrecarregada de admiração. Eu conhecia bastante aquele som. Nessas muitas noites, à meia-noite, enquanto o mundo todo dormia, ela transbordava do meu peito, com seu eco medonho. Eu a conhecia bem.

Eu sabia o que o velho sentia e tinha pena dele, embora eu risse de mim mesmo. Sabia que ele estava acordado desde o primeiro barulho, quando se virou na cama. Seus temores tinham então aumentado. Ele tentava dizer a si mesmo "Não é nada, só o vento na chaminé", "É só um rato passando no chão" ou "É apenas um grilo!" Sim, ele devia estar tentando acalmar-se com essas suposições, mas deve ter achado que era tudo em vão. Tudo em vão, pois a Morte o seguia secretamente, com sua sombra negra a envolver a vítima. E foi a influência triste da sombra imperceptível que o levou a sentir – embora ele nada viu ou ouviu – a presença da minha cabeça dentro do quarto.

Esperei e esperei, com muita paciência, que ele deitasse, mas o velho não o fez. Decidi abrir então uma pequena fenda na lanterna. Fui cuidadoso. Bem cuidadoso. Até que um raio minúsculo, como o fio de uma aranha, caiu em cheio sobre o olho do abutre.

O olho estava bem aberto! E fiquei muito bravo quando o vi. Podia enxergá-lo perfeitamente – o azul embaçado com uma película horrenda que gelou meus ossos. Eu não via nada além daquele ponto maldito. Tinha dirigido o raio de luz exatamente ali.

E chegou aos meus ouvidos um som abafado e rápido, como se fosse um relógio embrulhado em algodão. Eu conhecia bastante aquele som também. Sabia que era o som do coração do velho. E isso aumentou a minha raiva.

Mesmo assim fiquei quieto. Eu mal respirava. Segurei a lanterna dirigindo o fio de luz em direção ao olho do velho. Mas as batidas do coração aumentaram. E mais e mais, e mais alto e mais alto a cada segundo. O terror do velho foi ao extremo!

Agora, na calada da noite, no meio do terrível silêncio daquela casa velha, um barulho estranho como esse me deixou num estado de medo incontrolável. Por alguns minutos fiquei quieto. Mas as batidas ficaram mais altas e achei que o coração fosse explodir.

Uma nova ansiedade tomou conta de mim – um vizinho poderia ouvir o som! A hora do velho havia chegado! Com um grito, acendi a lanterna e saltei para dentro do quarto. Ele gritou uma vez... Só uma. Num instante eu o arrastei ao chão do quarto, puxando a cama pesada para cima dele.

Então eu sorri, pois o trabalho estava feito. Mas, durante muitos minutos, o coração dele continuou batendo. Isso, no entanto, não me afligiu, pois não seria ouvido através da parede. Por fim, ele cessou. O velho estava morto. Removi a cama e examinei o cadáver. Sim, ele era uma pedra, uma pedra morta. Coloquei minha mão sobre seu coração e a mantive ali por muitos minutos. Não havia pulsação. Ele estava bem morto. Seu olho não me perturbaria mais.

Se você ainda acha que sou louco, não vai pensar assim quando eu descrever as sábias precauções que tomei para a ocultação do corpo. A noite avançava, e trabalhei depressa, mas em silêncio. Primeiro, eu o desmembrei. Cortei a cabeça, os braços e as pernas.

Então, removi três tábuas do piso do quarto e depositei as partes do corpo no vão, colocando as tábuas de volta, tão perfeitamente que olho humano algum poderia perceber algo errado – nem mesmo o velho! Não havia nada para lavar – nenhuma mancha de qualquer tipo, nenhum sangue. Eu tinha sido muito cuidadoso. A banheira se encarregara de tudo – Ha! Ha! Ha!

Quando eu finalizei tudo, às quatro da manhã, estava escuro como meia-noite. À batida do relógio, tocaram na porta. Desci para abri-la com o coração tranquilo – não havia nada a temer.

Três homens entraram e se apresentaram como policiais. Um vizinho havia escutado um grito durante a noite. Uma suspeita levantada, uma informação apresentada à delegacia de polícia e os policiais tinham sido enviados para averiguar o local.

Eu sorri, o que tinha a temer? E convidei os policiais a entrar. O grito, eu disse, era meu mesmo. Estava tendo um sonho. Expliquei que o velho estava fora do país. E conduzi os policiais por toda a casa. Levei-os, por fim, até o quarto. No entusiasmo de minha confiança, trouxe cadeiras e ofereci-lhes um pouco de descanso, enquanto eu colocava minha própria cadeira em cima do exato lugar debaixo do qual repousava o cadáver da vítima.

Os policiais estavam satisfeitos. Minha atitude os convenceu. Eu estava à vontade. Enquanto estavam sentados, eu respondia animado, conversando sobre coisas informais. Mas, então, comecei a ficar pálido... E desejei que eles fossem embora. Minha cabeça doía, meus ouvidos zumbiam. Mas eles continuavam sentados, conversando. O zumbido ficou pior e pior. Continuei falando mais e mais, para ver se me livrava da sensação, e nada! Até que percebi que o som não vinha de dentro dos meus ouvidos.

Sem dúvida, fiquei mais pálido ainda e passei a falar em voz alta. O som aumentou – e o que eu podia fazer? Era um ruído baixo, monótono, rápido, como o som de um relógio embrulhado num algodão. Engoli a seco para respirar, e ainda assim os policiais nada ouviram. Falei mais rapidamente, com veemência, mas o barulho aumentava sem parar.

Levantei-me e discuti sobre bobagens, num tom alto e com gestos impetuosos. Por que eles não iam embora? Andei pelo quarto para cá e para lá, meus passos pesados... E o barulho aumentando. Deus, o que eu podia fazer? Girei a cadeira na qual eu estava sentado, mas o barulho aumentou e aumentou. Ele ficou mais alto – mais alto – mais alto! E os policiais ainda conversavam e sorriam. Seria possível que eles não tivessem escutado? Deus Todo Poderoso! Não! Não! Eles ouviram! Eles suspeitavam! Eles sabiam! Eles estavam zombando do meu horror, é isso! Qualquer coisa seria melhor do que essa agonia! Qualquer coisa seria mais tolerável do que essa chacota! Eu não podia mais suportar aqueles sorrisos hipócritas! Eu senti que devia gritar ou morrer! E agora – mais uma vez! – Ouça! Mais alto! Mais alto! Mais alto! Mais alto!

– Vilões! – eu gritei. – Não vou ocultar mais! Admito! Arranquem as tábuas, aqui, aqui... É a batida do seu coração horrível!

A carta furtada

Nil sapientiae odiosus acumine nimio.[6]

LÁ ESTAVA EU, em Paris, numa noite de outono, desfrutando da companhia de meu amigo Auguste Dupin, em sua pequena biblioteca, no terceiro andar da Rua Dunôt, 33, Faubourg St. Germain, quando, de repente, a porta de nosso apartamento abriu-se e por ela entrou nosso velho conhecido, o senhor G..., Chefe de Polícia de Paris.

Nós o recebemos com amabilidade, pois não o víamos havia anos. Estávamos sentados no escuro e Dupin levantou-se para acender o lampião. G. contou que estava ali para pedir a opinião de meu amigo sobre alguns casos oficiais que lhe haviam provocado grandes problemas.

– Um caso que necessita de reflexão é melhor se analisado no escuro – disse Dupin, desistindo de acender o pavio.

– Esta é outra de suas ideias esquisitas – comentou o Chefe de Polícia, que costumava chamar "esquisitas" todas as coisas que

---

[6] Nada é mais odioso à sabedoria do que o excesso de astúcia. (Sêneca)

estavam além de seu entendimento e que, sendo assim, vivia cercado por uma multidão de "esquisitices".

– Verdade – disse Dupin, enquanto entregava um cachimbo ao visitante, indicando a ele uma poltrona confortável.

– Qual é a dificuldade agora? – perguntei. – Tomara que não seja mais um assassinato.

– Ah, não, nada disso! É um caso muito simples, de fato, e creio que podemos resolvê-lo sozinhos. Mas, depois, achei que Dupin talvez quisesse saber uns detalhes, porque é muito *esquisito*!

– Simples e esquisito – comentou Dupin.

– O fato é que todos nós ficamos perplexos, pois, embora simples, o caso nos confunde.

– Talvez seja a sua própria simplicidade que os desorienta – disse meu amigo.

– Que bobagem! – o Chefe de Polícia respondeu, dando risada.

– Talvez o mistério seja óbvio demais – disse Dupin.

– Ah, meu Deus! Quem já ouviu algo assim?

– Evidente demais!

– Ha! Ha! Ha! – O Chefe de Polícia caiu na risada. – Ah, Dupin, você ainda me mata de tanto rir!

– Afinal de contas, qual é o caso em questão? – perguntei.

– Eu conto – respondeu o Chefe de Polícia, soltando uma baforada do cachimbo e arrumando-se na poltrona. – Antes de começar, peço sigilo para o caso, pois eu poderia perder meu cargo se soubessem que contei a alguém.

– Continue – pedi.

– Eu recebi informações do alto escalão de que um documento muito importante foi furtado dos aposentos reais. Não há dúvida sobre a identidade de quem o furtou, pois a pessoa foi vista fazendo isso. Sabe-se, também, que o documento continua em seu poder.

– Como sabe disso? – perguntou Dupin.

– Pode-se deduzir claramente – respondeu o Chefe de Polícia. – Pela natureza do tal documento e pelo fato de que alguns acontecimentos iriam ocorrer em vista disso, mas não ocorreram.

– Explique melhor – pedi.

– Bem, arrisco dizer que esse documento dá certo poder ao possuidor, num meio onde poder vale muito.

– Ainda não entendi bem – disse Dupin.

– Não? Bem, a revelação desse documento a uma terceira pessoa, cujo nome não vou citar, comprometeria a honra de uma pessoa da mais alta posição. Esse fato dá à pessoa que possui o documento poder sobre essa pessoa ilustre, cuja honra e tranquilidade estão correndo perigo.

– Mas esse poder – intervim – depende de que o ladrão saiba que a pessoa roubada o conhece. Quem se atreveria?

– O ladrão – disse o Chefe de Polícia – é o Ministro D..., que se atreve a tudo o que é digno como o que é indigno de um homem. O roubo foi cometido de modo não só engenhoso como ousado. O documento em questão é uma carta; para sermos francos, foi recebida pela senhora ilustre quando esta se encontrava a sós em seu escritório. Enquanto ela a lia, foi subitamente interrompida pela entrada do marido, homem de elevada posição, de quem desejava ocultar a carta. Após tentar às pressas enfiá-la numa gaveta, foi obrigada a colocá-la, aberta, sobre a mesa. O destinatário estava à mostra, mas o conteúdo, resguardado. Naquele momento entrou o Ministro D. Seus olhos na mesma hora perceberam a carta e ele reconheceu a letra do remetente; ao observar a aflição da

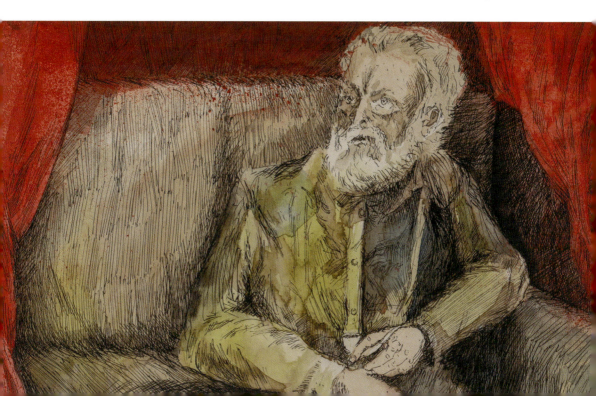

destinatária, notou o terrível segredo. Depois de tratar apressadamente de alguns assuntos, tirou uma carta do bolso, parecida com a outra em questão, abriu, fingiu lê-la e, depois, a colocou ao lado da primeira. Tornou a conversar, durante uns quinze minutos, sobre alguns assuntos.

Ao sair, tirou de cima da mesa a carta que não lhe pertencia. A verdadeira dona da carta viu tudo, mas não pôde chamar a atenção do Ministro na presença da terceira pessoa que estava ali – o marido, claro! O Ministro retirou-se, deixando sua carta sem importância sobre a mesa.

– O ladrão sabe que a pessoa furtada a conhece... – completou Dupin.

– Sim – confirmou o Chefe de Polícia –, e o poder obtido através desse furto tem sido utilizado há meses, com fins políticos, de forma perigosa. A senhora que sofreu o furto está cada vez mais convencida de que é necessário obter a carta de volta. E isso não pode ser feito às claras. Desesperada, pediu-me ajuda.

– Ninguém poderia ser mais inteligente... – disse Dupin.

– Você me lisonjeia – respondeu o Chefe de Polícia.

– Como você observou, a carta ainda se encontra em poder do Ministro. Com a posse, ele tem o poder nas mãos. Se ele usar a carta, perde o poder.

– É verdade – concordou o Chefe de Polícia. – E foi pensando nisso que comecei a agir. Meu primeiro passo foi dar uma busca no hotel onde o Ministro mora. Preciso fazer essa investigação sem que ele saiba. Já fui prevenido do perigo, caso ele tenha alguma suspeita do que estamos fazendo.

– Mas você está a par dessas investigações. A polícia parisiense já fez isso muitas vezes anteriormente.

– Ah, sim, e por esse motivo não perdi a esperança. Os hábitos do Ministro me proporcionam uma grande vantagem. Ele passa a noite toda fora, com muita frequência. Não tem muitos empregados. Eles dormem longe do quarto do patrão e é comum beberem muito. Eu tenho chaves que podem abrir qualquer quarto em Paris. Durante três meses, não houve uma única noite na qual eu não me empenhasse na revista ao apartamento do Ministro. A recompensa é grande... E minha reputação está em jogo. Não vou deixar de procurar pela carta enquanto não me convencer de que o ladrão é mais inteligente do que eu. Acho que já investiguei todos os cantos e esconderijos em que o papel pudesse estar escondido.

– Mas não seria possível – lembrei – que, embora a carta possa estar em poder do Ministro, como indiscutivelmente está, ele a tenha escondido em outro lugar que não sua propriedade?

– É difícil! – Dupin respondeu. – A condição atual, particularíssima, dos assuntos da corte e principalmente as intrigas em que, como se sabe, o Ministro anda envolvido, fazem da eficácia imediata do documento, isto é, da possibilidade de ser apresentado a qualquer momento, um ponto quase tão importante quanto a sua posse.

– A possibilidade de ser apresentado? – perguntei.

– De ser destruído – disse Dupin.

– Verdade – observei. – A carta então se encontra na propriedade. Quanto a estar na roupa do Ministro, podemos considerar fora de questão.

– De acordo – disse o Chefe de Polícia. – Ele já foi revistado duas vezes por ladrões, sob minha ordem.

– Podia ter se poupado desse trabalho – Dupin comentou. – Eu acho que o Ministro não é ingênuo e deve ter pressentido que poderia ser revistado.

– Não é bobo de maneira alguma – continuou o Chefe de Polícia –, mas é poeta, o que não o deixa longe de ser um bobo.

– Conte em detalhes como se processou a busca – sugeri.

– Levamos um tempo procurando em toda parte. Tenho longa experiência nesses assuntos. Vasculhamos o prédio todo, quarto por quarto, todas as noites, durante uma semana. Primeiramente examinamos a mobília de

cada apartamento. Abrimos todas as gavetas; para um treinado agente da polícia, não existe gaveta secreta. Depois das escrivaninhas, examinamos as cadeiras. As almofadas foram submetidas ao teste das agulhas compridas que vocês já nos viram utilizar. Retiramos os tampos das mesas.

– Por quê?

– Às vezes, a pessoa que deseja esconder algo retira o tampo ou outra peça similar da mobília; depois faz uma cava no móvel, coloca o objeto ali dentro e a parte retirada é recolocada no lugar. Os pés e a parte superior das colunas das camas são utilizados da mesma forma.

– Não se consegue descobrir a parte oca pelo som? – eu quis saber.

– De jeito nenhum, se o objeto a ser colocado na cavidade for enrolado em algodão. Além do mais, no nosso caso, fomos obrigados a agir sem fazer barulho.

– Mas você deve ter conseguido examinar peça por peça... Não desmontou as cadeiras, desmontou?

– Claro que não. Fizemos mais: examinamos as saliências de todas as cadeiras, entre os quadros e as molduras, todas as junções dos móveis com a ajuda de um microscópio. Teríamos notado algum sinal, alguma alteração. Um pouco de pó causado pelo uso de ferramenta seria tão evidente quanto uma maçã. Qualquer alteração na junção das peças já seria o bastante para chamar a nossa atenção.

– Imagino que examinou os espelhos, entre as molduras e as chapas, as camas, lençóis, cortinas e tapetes...

– Com certeza! E, depois de tudo isso, examinamos a propriedade, vasculhando tudo, incluindo as duas casas vizinhas, sempre com o auxílio do microscópio.

– As casas ao lado? – exclamei. – Devem ter tido muito trabalho!

– Sim, mas a recompensa é bem grande.

– Examinaram também o terreno ao redor?

– Os terrenos são revestidos de tijolos e não deram muito trabalho, não. Examinamos o musgo entre os tijolos e não encontramos nenhuma alteração.

– Examinaram também os papéis do Ministro e os livros da biblioteca?

– Claro! Abrimos cada pacote, encomenda, e não só abrimos os livros como folheamos cada um deles. Medimos a espessura de cada capa, passando-as pelo exame acurado do microscópio. Teríamos percebido se uma delas mostrasse sinais de alteração recente. Cinco ou seis volumes que chegaram da encadernação também foram examinados com o auxílio de uma agulha.

– Examinaram os assoalhos, embaixo dos tapetes?

– Sim. Tiramos os tapetes e examinamos as tábuas do assoalho com o microscópio.

– E o papel das paredes?

– Também fizemos isso.

– Olharam o porão?

– Sim.

– Vocês estão enganados, a carta não deve estar na casa, como o senhor pensa que ela está.

– Você tem razão – respondeu o Chefe de Polícia. – O que eu devo fazer agora, Dupin?

– Aconselho investigar a casa novamente.

– Mas isso é desnecessário – disse o Chefe de Polícia. – A carta não está lá.

– Você tem uma descrição física da carta, não tem?

– Sem dúvida! – E, tirando uma anotação do bolso, ele começou a ler em voz alta uma descrição interna e externa da carta furtada. Após a leitura, foi embora, mais abalado que nunca.

****

No mês seguinte, o Chefe de Polícia visitou-nos novamente. Pegou um cachimbo e sentou-se para conversar conosco.

– Bem, e a carta furtada? – eu disse – Aposto que já percebeu que não é fácil ser mais esperto que o Ministro...

– Ministro desgraçado! Fiz uma nova investigação como Dupin sugeriu, mas foi um trabalho perdido...

– Quanto é a recompensa oferecida? – Dupin quis saber.

– Bem grande... Bastante generosa. Confesso que não me importaria em oferecer um cheque no valor de cinquenta mil francos a quem obtivesse essa carta. A verdade é que ela se torna, a cada dia, mais importante... E a recompensa, dobrada! Mas, mesmo triplicada, eu não poderia fazer mais do que já fiz.

– Pois penso que você não se esforçou ao máximo. Acho que poderia fazer um pouco mais... Aconselhar-se com alguém... – Dupin comentou. – Está lembrado do que aconteceu com Abernethy?

– Não. Ele que suma!

– Sim, que seja bem recebido aonde for, se é isso que deseja. Uma vez um homem rico e bem avarento teve a ideia de obter uma consulta de graça com Abernethy. Assim, numa conversa entre amigos, contou seu caso ao médico, como se tratasse do caso de um indivíduo imaginário. "Vamos supor que os sintomas dessa pessoa sejam tais e tais... O que o senhor aconselharia que ele tomasse?", indagou. "O conselho de um médico!" – Abernethy respondeu.

– Mas estou disposto a ouvir um conselho e a pagar por ele! Daria cinquenta mil francos a quem me ajudasse!

– Neste caso, pode preencher o cheque. Assim que o fizer, entregarei a carta – Dupin respondeu, sem piscar os olhos.

Fiquei surpreso. O Chefe de Polícia também. Ele parecia ter sido atingido por um raio.

Durante alguns minutos ficou imóvel, quieto, olhando para o meu amigo, com os olhos arregalados. Depois, parecendo voltar a si, apanhou uma caneta e preencheu um cheque de cinquenta mil francos, estendendo-o a Dupin, que o examinou, guardando-o na carteira. Dupin então abriu a gaveta da escrivaninha, tirou uma carta de dentro e entregou-a ao Chefe de Polícia. O homem agarrou a carta e abriu-a, tremendo. Depois de dar uma conferida no conteúdo, guardou-a, abriu a porta e saiu rapidamente, sem dizer uma única palavra.

Depois de sua partida, meu amigo começou a explicar:

– Os agentes da polícia parisiense são determinados, inteligentes, ardilosos, engenhosos, astutos e sabem que sua profissão exige conhecimento. Quando o Chefe de Polícia nos contou de que forma realizou a investigação no prédio, não tive dúvidas de que realizou uma investigação satisfatória, até certo ponto...

– Até que ponto? – perguntei.

– As medidas adotadas foram as melhores... Perfeitas! Se a carta tivesse sido colocada ao alcance de suas investigações, esses rapazes a teriam encontrado.

Eu dei risada, mas Dupin parecia bem sério ao dizer aquilo.

– As medidas eram boas – ele continuou – e foram bem executadas. Seu defeito consistia em serem inaplicáveis ao caso e ao homem em questão. Para que todas essas buscas, sondagens, exames de microscópio? Nada mais que um exagero na aplicação de um desses princípios de investigação ao qual o Chefe de Polícia se habituou ao longo dos anos. Ele acredita que as pessoas costumam esconder objetos e cartas em cavidades nas pernas de cadeiras... Ele não percebe que lugares assim são procurados por pessoas de inteligência comum. Esses esconderijos são presumíveis e sua descoberta depende apenas da paciência e determinação de quem o procura. O Chefe de Polícia, nem uma vez, achou possível que o Ministro tivesse colocado a carta debaixo do nariz de todos com o propósito de impedir que todo mundo a visse.

Mas, quanto mais eu refletia sobre a brilhante ideia do Ministro, mais ficava convencido de que, para esconder a carta, ele lançava mão do recurso de deixá-la à vista. Convencido disso, fui até seu apartamento, numa manhã. O Ministro estava à toa, e eu então contei que precisava usar óculos, pois não andava enxergando bem. Enquanto fingia estar atento à nossa conversa, examinei a sala com atenção. Vi que junto à mesa a qual estava sentado havia cartas e papéis espalhados aleatoriamente, como também um ou dois instrumentos musicais e livros. Ali, no entanto, não existia nada que despertasse suspeita.

Por fim, avistei um porta-cartas de papelão, pendurado por uma fita azul, desbotada, presa por um prego, debaixo do aparador da lareira. Dentro dele, três ou quatro divisões contendo cartões de visita e uma carta. A carta estava suja, amassada, quase rasgada ao meio, como se alguém, ao primeiro impulso, tivesse pensado em inutilizá-la e, depois, mudado de ideia. Tinha um grande selo negro, com a inicial "D" bem visível, e era endereçada, numa letra pequena e feminina, ao próprio ministro. Ao ver essa carta, concluí que era aquela que eu procurava. E era bem diferente da carta que o Chefe de Polícia havia descrito de forma tão minuciosa. Nesta, o selo era negro e a inicial era um "D"; na carta roubada, o selo era vermelho e tinha as armas da família S... Nessa aqui, a letra endereçada ao Ministro era feminina e bem miúda; na outra, o endereço para alguém da realeza era corajoso e determinado. A grande diferença entre as cartas era a sujeira, o papel manchado e rasgado, em desacordo com os *verdadeiros* hábitos de D., com a intenção de iludir quem a visse de seu valor.

Prolonguei minha visita ao máximo, em uma animada conversa com o Ministro, mantive minha atenção na carta. Durante essa observação gravei na memória o aspecto externo e a disposição dos papéis no porta-cartas. Se ainda tinha dúvidas, elas se dissiparam naquele momento. Ao observar as bordas do papel, percebi que elas pareciam ter sido dobradas e desdobradas posteriormente em sentido inverso, utilizando-se as mesmas dobras. Ficou evidente que a carta fora dobrada ao contrário, como uma luva que se vira ao avesso, sobrescrita e lacrada novamente. Despedi-me do Ministro e saí, deixando uma caixa para tabaco feita de ouro sobre a mesa. Na manhã seguinte, voltei à procura de minha caixa e acabamos por retomar a conversa do dia anterior. Enquanto conversávamos, ouvimos o barulho de tiros na rua, seguido por gritos horríveis e vozes da multidão. O Ministro correu até a janela, abriu-a e olhou para baixo. Enquanto isso, fui até o porta-cartas, apanhei o documento, enfiei-o no bolso e o substituí por uma cópia (quanto ao que se referia ao aspecto exterior) preparada em minha casa, imitando a inicial "D" com o auxílio de miolo de pão.

A confusão na rua tinha sido feita por um homem armado de rifle. A arma estava carregada com pólvora seca, e ele, tachado de bêbado ou doido, foi liberado em seguida. Assim que o homem partiu, o Ministro saiu da janela, da qual eu também me aproximara depois de pegar a carta. Pouco depois, despedi-me dele. O homem do rifle estava a meu serviço.

– Mas o que queria ao trocar a carta por uma cópia? – perguntei. – Não teria sido melhor pegar a carta e sair?

– O Ministro – respondeu Dupin – é um homem atrevido e desesperado. Além disso, existem, em sua casa, criados fiéis. Se eu agisse como você diz, talvez não saísse de lá com vida. Ninguém mais ouviria falar de mim. Eu tinha um propósito com essa visita. Você sabe quais são minhas simpatias políticas. Nesse assunto, estou ao lado da senhora da carta – como você já deve ter percebido, a esposa do rei. Durante dezoito meses, o Ministro a teve sob seu domínio. Ele não sabe que a carta já não está em seu poder e continuará a agir como se ainda a possuísse. Assim, ele caminha ao encontro de sua própria ruína política. Gostaria muito de adivinhar seus pensamentos no momento em que, desafiado pela senhora ilustre, decidir abrir o papel que deixei em seu porta-cartas.

– Você colocou algo nele?

– Ah, não podia deixar em branco. Seria uma ofensa. Uma vez, o Ministro me pregou uma peça em Viena. Eu respondi a ele, com bom humor, que aquilo não ficaria sem resposta. Assim, como sabia que ele sentiria curiosidade pela identidade da pessoa que o excedera em inteligência, pensei que seria uma pena deixar de dar-lhe uma evidência. Como ele conhece minha letra, copiei no meio da folha em branco o seguinte:

... un dessein si funeste,
s'il n'est digne d'Artrée, est digne de Thyest.[7]

– Com certeza, ele vai compreender essa frase.

---

[7] "Um plano tão funesto, se não é digno de Atreu, é digno de Tiestes!" O autor faz referência à história de Atreu e Tiestes, personagens da mitologia grega. Após descobrir que seu irmão gêmeo, Tiestes, havia dormido com sua esposa, Atreu ordena que os filhos de Tiestes sejam mortos e que com seus corpos seja feito um jantar, servido ao próprio Tiestes. Ao descobrir a tragédia, Tiestes consulta um oráculo, ou seja, recebe uma resposta divina para suas dúvidas. O oráculo diz a Tiestes que ele deve ter outro filho e que esse novo filho será o responsável pela morte de Atreu.

Edgar Allan Poe

Stories
of Amazement

Retold by Telma Guimarães

YOU ARE THE MAN!
I

This really happened some time ago. Mr. Barnabas Shuttleworthy, one of the richest and most respected men in the county, had been missing for several days, under strange circumstances, and people began to suspect there had been a crime. Mr. Shuttleworthy had left Rattleborough on horseback very early one Saturday morning. His destination was a city fifteen miles away. He planned to ride there that day and return in the evening. Two hours after he left, his horse came back without him or the saddlebags that had been on its back. The horse was hurt too, and covered with mud. The circumstances alarmed his friends. On Sunday morning, the whole community started to look for the man's body.

At the forefront of the search was one of Shuttleworthy's friends, Mr. Charles Goodfellow. I have to tell you something about this name, Charles. There has never been a person named Charles who was not an open, honest, good-natured fellow. People named Charles are always good people. Although "Old Charley" Goodfellow hadn't been in Rattleborough longer than six months, and even though nobody knew anything about him before he moved to the neighborhood, he didn't have trouble making new friends. Everybody liked him. His innocent face was his best letter of recommendation.

Shuttleworthy was one of the richest and most respected men in Rattleborough and Charley was like a brother to him. They were neighbors, although Shuttleworthy rarely went to his house or had lunch with his friend. Charley used to visit Shuttleworthy many times a day, frequently sharing breakfast and dinner as well. It would be hard to guess the amount of wine they were used to drinking.

Charley's favorite drink was Château-Margaux. Shuttleworthy was so happy when he saw his friend drinking that wine that he once said, "You are the friendliest fellow I have ever met. Since you like wine, I would love to give you a big box of Château-Margaux. I will order a double box of the best that money can buy, for you, this very afternoon. Don't say a word! The boxes of wine will arrive one of these days when we aren't even expecting them."

I mention this just to show you how close the two friends were, and how well they understood each other.

Well, on the Sunday morning in question, when people realized something had happened to Mr. Shuttleworthy, I had never seen anyone so upset as Charles Goodfellow. When he heard that the horse had come home without its master, without saddlebags, and bloody from a pistol shot that had gone through the animal's chest, he turned as pale as if his own brother had been killed.

At first, he was reluctant to do anything for a long time. He insisted that Shuttleworthy's friends wait for a week or two to see if Shuttleworthy would show up and explain his reason for sending his horse back before his disappearance.

Since the citizens of Rattleborough considered Charley to be a wise and discrete person, they agreed to wait. I believe this would have been the general opinion, but for the suspicious interference of Mr. Shuttleworthy's nephew, Pennifeather, a young man of bad habits and character. Pennifeather insisted upon carrying out an immediate search for the "corpse of the murdered man".

At the time, Mr. Goodfellow thought it was "a strange thing to say". The expression also had great effect upon the crowd. Someone in the party asked, "How could Pennifeather say his uncle was 'a murdered man?'"

Arguments broke out in the crowd, especially between Charley and Pennifeather. Three or four months before, the two of them had fought because Pennifeather thought Charley had made himself too much at home in his uncle's house, where he was living at the time.

Charley had behaved with exemplary moderation and Christian charity at the time. He stood up, adjusted his clothes and made no attempt at revenge. He muttered a few words about "taking revenge" at the first opportunity, which meant nothing, and was soon forgotten.

At Pennifeather's request, the people of Rattleborough decided to search for the missing Mr. Shuttleworthy throughout the neighborhood.

Charley convinced everybody to distribute themselves into groups and search the area. Pennifeather was not included, of course.

There could have been no better leader than "Old Charley", whom everybody knew had the eye of a lynx. He led them into all sorts of holes and corners, along routes that nobody had ever suspected existed in the neighborhood, and although the search was kept up day and night for nearly a week, no trace of Mr. Rattleborough was found.

When I say no trace, however, I must not be taken literally; for a trace, to some extent, there certainly was.

The poor gentleman had been tracked by his horse's footprints to a spot about three miles to the east of the borough, on the main road leading to the city. Here, the tracks led off onto a path through a forest, coming out onto the main road again, and cutting off about half a mile later. The group followed the shoe prints down this lane, which led them to a pond of stagnant water hidden by the thick forest on the right side of the lane. There were no signs of the tracks on the opposite side of the pond. However, it seemed a struggle of some sort had happened here and it appeared as if a large body had been dragged from the path to the pond. The water was dragged twice, but nothing was found. The group was about to leave when Providence suggested to Mr. Goodfellow that the water could be drained off altogether. The crowd cheered Old Charley's wisdom and caution. As the citizens had brought spades with them, it didn't take long to drain the pond. As soon as the bottom was visible, they saw a black silk velvet vest in the middle of the mud, immediately recognized as Mr. Pennifeather's. The vest was torn and stained with blood. Several people in the group remembered having seen him wearing the vest on the morning of Mr. Shuttleworthy's departure of the city. Other people swore that Pennifeather hadn't worn the vest on the memorable day.

Things seemed to be more difficult for Pennifeather. Every time people argued with him, he grew pale and quiet.

His few friends left him and called that he should be punished.

On the other hand, Mr. Goodfellow showed his true noble nature. He spoke in defense of Pennifeather, saying more than once that he forgave the wild young man, "the heir of the worthy Shuttleworthy". He forgave Pennifeather from the bottom of his heart. He tried his best to smooth out the confused situation.

Goodfellow spoke for half an hour. Now, when people talk too much, they sometimes do more to hurt their case than strengthen it. Although he tried to ease the suspicions about Pennifeather, every word he said had the opposite effect.

One of his mistakes was his allusion to the suspect as "the heir of the worthy gentleman Mr. Shuttleworthy". The people had never thought of this before. They only remembered some threats, made a year or two earlier by the uncle, of excluding the young man, his only relative, from the inheritance.

Old Charley's remark raised some questions, "cui bono?" – which means "for whose benefit is it"? That question linked the young man to the crime.

After writing a will in his nephew's favor, Shuttleworthy had threatened Pennifeather with disinheritance. But the threat had not been carried out and it was said the will had not been changed. If so, the only reason for murder would have been revenge.

The citizens of Rattleborough concluded that if the will had remained the same, as long as the threat remained over the nephew's head, it appeared to be the strongest motive for the crime.

Mr. Pennifeather was arrested and the crowd, after some more searching, went back to the city with the young man in custody. Along the way, however, something happened to confirm the suspicion. Goodfellow, who was a little ahead of the group, was seen to stop and pick a small object up from the grass. He examined the object and tried to hide it in his coat pocket, but people saw what he was doing and stopped him. It was a Spanish knife which a dozen people recognized as Mr. Pennifeather's. It had his initials engraved upon the handle, and its blade was open and bloody.

No doubt remained of the nephew's guilt. As soon as they reached Rattleborough, Pennifeather was taken in for questioning.

When the prisoner was asked about his whereabouts on the morning of his uncle's disappearance, he said that on that morning he had been out with his rifle, deer-stalking near the pond where the vest had been found.

Goodfellow, with tears in his eyes, came forward and asked to be examined. He said he could not remain in silence. He would not hesitate and would tell everything he knew, although his heart would burst in doing so.

Then he went on to tell that, on the afternoon of the day before Mr. Shuttleworthy's departure for the city, he had mentioned to his nephew, in Goodfellow's presence, that he intended to go to the city to deposit a large sum of money in the "Farmers and Mechanics' Bank". On the same occasion, he had told his nephew about his decision to remove him from the will, and of cutting off his money. As a witness, Goodfellow asked the accused to state if this was or was not the truth. To the astonishment of every one, Pennifeather admitted that it was true.

The judge decided to send two policemen to search the bedroom of the accused in his uncle's house. After a while they returned with Mr. Shuttleworthy's leather wallet. There was nothing inside the wallet.

The judge tried to get the prisoner to tell what the money had been used for, or where it was hidden. Pennifeather denied all knowledge of the matter.

The policemen also discovered a shirt and neck handkerchief, both marked with initials of Pennifeather, and stained by the blood of the victim between Pennifeather's bedding and mattress.

At that moment, it was announced that Shuttleworthy's horse had died from the bullet wound it had received.

Goodfellow suggested that a post-mortem examination of the horse should be done so as to retrieve the bullet. To show the guilt of the accused, in the search, Goodfellow pulled a bullet from the chest of the animal. After being examined, it was found to be from Pennifeather's rifle.

To make the matter more precise, the bullet was found to have a seam at right angles to the usual seam, and this seam corresponded precisely with a ridge in a pair of molds that the accused said were his property. After this, the judge refused to listen to any further testimony and sent the prisoner to trial. Goodfellow offered to pay any sum of money to help the prisoner, forgetting that he himself didn't have a dollar to his name. Despite the man's good will, the judge denied the offer. Goodfellow was certainly a generous man.

Mr. Pennifeather was soon brought to trial and declared "Guilty of murder in the first degree". The unhappy young man was soon sentenced to death and sent to the county jail to await the vengeance of the law.

In the meantime, the noble behavior of Goodfellow had endeared him to the citizens of the village. He became more the favorite than ever; and, as a natural result of the hospitality with which he was treated, he relaxed and left his ordinary habits, having little parties at his own house, where joy reigned supreme.

II

One day, the generous Goodfellow was surprised by the arrival of the following letter:

Charles Goodfellow, Esquire:
According to an order sent to our firm about two months ago by our correspondent, Mr. Barnabas Shuttleworthy, we are honored to send a double

box of Château-Margaux to your address this morning. Box numbered and marked as per margin.
Sincerely yours,
Hogs, Frogs, Bogs & CO.
P.S. — The box will arrive by train the day after you receive this letter. Our respects to Mr. Shuttleworthy.

The truth is, since the death of Mr. Shuttleworthy, Goodfellow had had no expectations of ever receiving the Château-Margaux. So he thought the letter was a sort of special dispensation of Providence on his behalf. He was so delighted that he invited many friends to a dinner the following day, intending to open his dear friend's present. In fact, he didn't say a word to his friends about the present. He asked his friends to come and help him drink some fine wine that he had ordered up from the city a couple of months before and which would arrive the following day.

I can't understand why he said nothing about the wine.

The next day arrived and so did many respectable people at Goodfellow's house. Half the borough was there, I myself among them. To the annoyance of the host, the wine did not arrive until the end of the dinner. When the big box was delivered, it was decided that it should be put on the table and opened immediately.

No sooner said than done. I helped, and in a minute we had put the box on the table, in the middle of all the bottles and glasses. Goodfellow was pretty drunk when he took a seat at the head of the table. He then took a decanter and tried to keep order by thumping it on the table during "the ceremony" of opening the treasure.

Quiet was finally restored and a profound silence followed.

I was asked to open the lid, to which I agreed. I inserted a tool and after some taps with a hammer, the top of the box flew suddenly off, and at the same time, up sprang the bloody and rotten corpse of the murdered Mr. Shuttleworthy himself into a sitting position, directly facing the host. It gazed for a few moments, fixed and sorrowfully, at Goodfellow's face, muttering the words – "You are the man!"

And then, falling over the side of the chest as if satisfied, it stretched its limbs out on the table.

The scene that followed is beyond description. There was a horrible rush for the doors and windows. Many of the strong men in the room fainted. After the initial burst of terror, everyone looked at Mr. Goodfellow. For minutes, he sat like a marble statue; his eyes seemed to contemplate his own miserable and murderous soul. Finally, with a leap, Goodfellow jumped from his chair and fell with his head and shoulders on the table. In contact with the corpse, he confessed the horrible crime for which Pennifeather had been imprisoned and sentenced to death.

What he said was this: He had followed Shuttleworthy to the pond; there, he shot his horse with a gun, hit the victim with the butt of his weapon and took the man's wallet. Assuming the horse was dead, he dragged it with difficulty to the woods by the pond. He laid Shuttleworthy's corpse on his own horse's back and took it to a safe place far through the woods.

The vest, the knife, the wallet, and the bullet had been placed by himself where they were found, so he could take revenge upon Pennifeather. He had also planned the discovery of the stained handkerchief and shirt.

III

The means by which this sad confession was taken were simple. Goodfellow's excess of confidence had disgusted me and roused my suspicious from the beginning. I was there when Pennifeather hit him, and when he stood up from the ground, the expression on his face assured me that he was longing for revenge. So I prepared myself to watch for his tricks under a discriminating light. I realized all the incriminating evidence had come from himself. What opened my eyes was the bullet found by Goodfellow in the horse's chest: I had not forgotten that there was a hole where the bullet had entered the horse, and another where it went out. So if it were found in the animal after having made its exit, I saw clearly that it must have been placed by the person who found it. The bloody shirt and handkerchief confirmed the suspicions aroused by the bullet, for upon examination, the blood proved to be wine. When I thought about these things, and on Goodfellow's generosity and expenses, I kept my suspicious to myself.

In the meantime, I started a search for Shuttleworthy's corpse in places as different as possible from those to which Goodfellow led his group. After a few days, I came across an old dry well, whose mouth was hidden by a blackberry bush. And there, at the bottom, I found the corpse I was looking for.

It happened that I had heard the conversation between the two friends. Goodfellow had flattered his host into the promise of a box of Château-Margaux. I acted on this idea. I looked for a hard piece of whalebone and forced it down the throat of the corpse. Then I laid the body in an old wine box – taking care to double the body up so as to double the whalebone with it. I had to press upon the lid to keep it down while I fastened it with nails; I knew that as soon as the lid was removed, it would fly off and the body up.

After I packed the box, I marked, numbered and addressed it as already told; I then wrote a letter in the name of the wine merchants with whom Shuttleworthy used to deal. I gave instructions to my helper to wheel the box to Goodfellow's door in a wheelbarrow upon my signal. I counted on my ventriloquial abilities to make it seem that Shuttleworthy was speaking on his own. For their effect, I counted on the conscience of the miserable murderer.

I believe there is nothing more to be explained. Pennifeather was set free and inherited his uncle's fortune. He took advantage of this experience, turned over a new leaf, and went on to live a new life, happily ever.

THE CASK OF AMONTILLADO
I

Fortunato had insulted me so many times that I decided to have my revenge. I had to punish him, but punish and get away with it.

So I went on smiling at him and he didn't notice that behind my smile I was thinking of his death.

Fortunato was a man both feared and respected, although he had a weakness. He thought he was a wine expert. Few Italians are real experts. Fortunato was a fraud at painting and at jewels, but in the matter of old wines he was an expert. I was an expert in old Italian wines too, and I bought fine wines whenever I could.

I met my friend one night during carnival season. He had drunk a lot and greeted me warmly. He was wearing a tight-fitting party-striped dress, and a cap with bells.

"Dear Fortunato," I said. "I'm so glad to see you. You look amazing today! I have a new cask of wine. I'm not sure if it is really Amontillado. I have my doubts."

"How?" Fortunato replied. "Amontillado? A cask in the middle of carnival?"

"I have my doubts," I said. "I was silly to pay the Amontillado price without consulting you in the matter. I could not find you and I was afraid of losing a bargain."

"Amontillado!"

"I have my doubts. You are busy so I was on my way to see Luchesi. He is an expert in old Italian wines too."

"Luchesi cannot tell Amontillado from Sherry."

"But some people say his taste in wine is as good as yours, Fortunato."

"Come, let us go."

"Where?"

"To your vaults."

"My friend, no. You have an appointment. My friend Luchesi…"

"I have no appointment. Let us go!"

"I see you have caught a cold. The walls of the vaults are very damp and covered with nitre."

"I don't care. Let's go. You have been fooled." Then he put a mask of black silk and a cap on me, took my arm, and hurried me to my palazzo.

There were no servants at home. I had told them I would not come back home until the next morning. An announcement like that was enough to keep them away, enjoying the holidays.

I took two torches and gave one to Fortunato. We walked through many rooms to the archway that led into the vaults. We passed down a long and winding staircase. I asked him to be careful and finally got to the damp ground of the catacombs of the Montresors. This is the place where my ancestors are buried.

Fortunato's walk was unsteady and the bells upon his cap jingled while he walked. He soon started to cough.

"Let's go back. Your health is precious. You are rich, respected, admired, beloved. I was once as happy as you. You are ill, and I can't be responsible for that. Besides, there is Luchesi and…"

"Enough!" Fortunato cried. "This cough is not going to kill me."

"It's true! Have some wine. This Medoc will warm us." I broke the neck off a bottle of Medoc from a line of bottles on the floor. "Drink."

He emptied the bottle and looked at me with a leer. He then paused and shook his head, while his bells jingled.

"I toast the buried people that rest around us."

"And I toast your long life."

He took my arm and we went on.

"These vaults are huge."

"I belong to a large family," I said.

"I can't remember your family shield," Fortunato said.

"It's a human foot crushing a snake."

"And your family's motto?"

"No one insults me without punishment."

"Good!" he replied.

At that time, we had passed through vaults full of bones, surrounded by casks of wine. I stopped again and this time I grabbed his elbow.

"We are below the riverbed now. The humidity trickles among the bones. We have to go back. It's too late. Your cough…"

"It's nothing!" he replied. "Let's go on. But I want to drink wine."

I opened a bottle of De Grave and served him. He emptied it in one swig. His eyes flashed in a grave way causing me fear. He laughed and lifted the bottle. I really didn't understand that gesture.

He did it again.

"Do you understand me?" he asked.

"No", I replied.

"Then you don't belong to the brotherhood."

"How come?" I said.

"You are not a mason."

"Oh, yes, yes," I answered.

"I can't believe that. Are you are a mason?"

"Yes, I'm a mason."

"Give me a sign," he asked.

"It is this." I took a trowel from beneath my cape.

"Are you kidding on me?" he said, stepping back. "Let us see the Amontillado."

"Sure." I replaced the trowel beneath my cape.

Fortunato and I went on our search for the Amontillado.

We passed through many arches, descended again and finally got to a deep crypt. The crypt was all covered in human bones like the catacombs of Paris. Inside one of the walls we saw another space that seemed to have been built for no use. It had a wall of granite that surrounded it.

"Go ahead," I said. "The Amontillado is in there."

Fortunato tried to see into the dark, but to no avail.

"He is an ignorant man," he said.

At that very moment I chained him to an iron ring set in the granite. I threw the chain around his arms and his waist, and locked it with a key.

He was too surprised and drunk to do anything.

"Feel the walls… Can you feel the dampness? I must beg you to go back. No? I have to go. But I have something to offer you, my friend."

"The Amontillado!" Fortunato shouted. He hadn't recovered from his amazement yet.

"It's true. The Amontillado," I replied.

II

Then I threw a pile of human bones aside and uncovered an amount of building stone and mortar to fill in the entrance of the crypt. I had just finished the first layer when I noticed Fortunato wasn't so drunk. The first evidence was his low cry from the crypt. Then there came a silence and I went on working. When I was laying the fourth row I heard the shaking of the chains. I stopped working and sat down on the pile of bones to listen to the sounds with more pleasure.

When the shaking sound ended, I finished the fifth, sixth and the seventh row. The wall was nearly up to my chest.

I stopped again and held my torch over the wall to see Fortunato inside the crypt.

Suddenly loud and shrill screams burst out from the vault. I hesitated for a moment. I trembled. I began to fumble inside the crypt with my sword. I felt satisfied. I responded to his yells with my own. My yells were much louder. After that, his grew quiet.

It was midnight and my work was almost done. I had already finished the eighth, ninth, tenth row and part of the eleventh. There was only a single stone left to be plastered. Then I heard a low laugh and a sad voice that I hardly recognized as that of Fortunato.

"Ha, ha, ha! A very good joke! We will laugh about it at the palazzo. Our wine – he, he, he!"

"The Amontillado!" I replied.

"Yes, the Amontillado! But it is getting late... he, he, he. My wife and friends are expecting us. Let us go."

"Yes," I said. "Let us go."

"For the love of God, Montresor!"

"Yes, for the love of God!" I said.

I waited for an answer but he did not answer.

"Fortunato!" I called him. "Fortunato!" I called again.

But I got no answer.

I threw my torch through the remaining space and let it fall. I heard only the jingle of the bells.

My heart felt sick from the dampness of the catacombs. I hurried to finish my task.

I laid the last stone and plastered it up.

I placed a pile of human bones in front of the new wall.

Nobody has disturbed them for fifty years.

In pace requiescat! (Rest in peace).

THE TELL-TALE HEART
I

True! I was very, very nervous and I still am nervous. But why will you say that I am mad? The disease didn't destroy my senses, it sharpened them. In fact, it made my sense of hearing stronger. I heard all things in Heaven and on Earth. I also heard many things from the world below. Why am I mad? I will calmly tell my whole story.

I can't say how the idea first entered my brain, but once it did, it haunted me day and night.

There wasn't any reason for the crime. I didn't hate the old man. In fact, I liked him. He never hurt me, never insulted me. I didn't want his money. I think it was his eye! Yes, that was it! He had the eye of a vulture – pale blue with a film over it. Whenever the old man looked at me with that pale blue eye, my blood ran cold.

Time passed and I made up my mind. I would kill the old man and get rid of that eye forever.

You think I am mad, but mad men don't know what they are doing. You should have seen me. You should have watched me at the moment I began my wise work. I took care, I was prudent. One week before the old man died I was gentler with him, something that had never happened before. Every night, around midnight, I opened the door to his bedroom very quietly, so I that could put my head in. You would have laughed to see me – I moved very slowly so the old man wouldn't be disturbed. It took an hour to put my head into his bedroom so I could see him while he slept. Do you think a crazy man would be that wise? When I had my head in I turned my lantern toward the vulture's eye. I did that for seven nights. But his eye was always shut. I didn't hate the man. I hated his Evil Eye.

And so each morning, I entered his bedroom, talked to him, greeted him and asked how he had slept. He never knew that I watched him during his sleep, night after night.

On the eighth night, I was even more careful than usual. I had never felt so powerful or so smart. There I was, opening the door of the bedroom very quietly.

The old man would never have dreamt of my secret thoughts. I laughed at my own idea and perhaps he heard me, for he moved suddenly in his bed. He seemed scared. You may think I moved away but I did not. The bedroom was dark and I knew he couldn't see the door opening. So I kept pushing and pushing.

I was about to turn the lantern on when my thumb slipped on the switch. The old man sat up in bed.

"Who's there?" he cried out.

I kept still and didn't say a word. I didn't move a muscle for an hour. He was still sitting in his bed, listening as I did night after night.

Then I heard a groan and I knew it was a groan of terror. I knew that sound. During these nights, while the whole world slept, that feeling filled my soul. I knew it well.

I knew what the old men felt. I felt sorry for him even though I laughed in my heart. I knew he had been lying there awake since the first noise. His fears had grown since then. He was trying to comfort himself: "It's only the wind in the chimney. It's a mouse crossing the floor. It's only a cricket."

He could try hard to ease his fears but it was in vain. Death was secretly following him, Her black shadow enclosing the victim.

And the influence of the sad shadow of Death made the old man feel my presence in the bedroom.

I waited and waited patiently for him to lay back down, but the old man didn't do it. I decided to open a tiny sliver of light from the lantern. I was careful. One thin ray of light fell on the vulture eye.

The eye was wide open and I was angry as I looked at it. I could see it perfectly – that gloomy blue with an ugly film on it chilled my bones. I could not see anything of the man except that damned eye. I had pointed the lantern right at it!

There came to my ears a low and quick sound, as if a watch was wrapped in cotton. I knew that sound very well. It was the old man's beating heart. That made my anger grow even more.

I stood still, hardly breathing. I kept the ray of light on the old man's eye. But the old man's heart beat grew faster each second in extreme terror.

Now, in the dead hour of the night, in that terrible silence, that weird noise frightened me. I kept still but the beats were louder and I thought the heart would burst.

Maybe a neighbor would hear the loud sound! His time had come! With a loud scream I turned on my lantern and leaped over the room. He screamed only once. Then I threw him to the floor and pulled the heavy bed over him. I smiled, for the work was done. For many minutes his heart went on beating. But this didn't annoy me because the sound couldn't be heard through the wall. At last, the heartbeat quit. He was dead. I took the bed away and inspected the corpse. He was stone dead. I put my hand on his heart and kept it there for a while. No heartbeat. He was definitely dead. His eye would not bother me anymore.

If you think I am crazy, you will not think so when I tell you how wise I was in hiding the body. I first cut up the corpse: the head, the arms, and the legs.

Then I pulled up three boards from the floor and hid the parts of the body in the hole below. I replaced the boards exactly as they had been before, so that no human eye could see that anything was wrong, not even the old man. There were no blood stains left. I was so careful. I used the bathtub to complete the project. Ha! Ha!

II

It was four o'clock in the morning when I finished everything. It was dark as midnight. At the strike of four I heard a knock at the front door. I went down to open it, my heart peaceful, as I had nothing to fear.

Three men came in. They were policemen. One neighbor had heard a scream during the night. The policemen had been sent to find out if anything was wrong.

I smiled, because I had nothing to be afraid of. I invited them to come in. The scream, I explained, was my own. I had had a bad dream. I told them the old man was out of the country. I took the gentlemen all over the house. I finally took them to the old man's bedroom. I showed them the old man's treasures, all safe. Feeling confident, I brought in chairs and invited them to sit down, while I placed my own chair on the place above his body.

The police were satisfied. I had convinced them. I felt at ease while everybody was seated and I answered their questions cheerily. But then I felt I was getting paler and paler… And I wished they would go away. My head hurt, and my ears started to pound. But they stayed there, sitting and talking. The sound grew louder and louder. I talked more and more to see if I could get rid of the sound, but nothing happened. I realized the sound was not inside my ears.

I grew even paler then and talked in a louder voice. The sound grew louder too. What could I do? It was a low, dull, quick sound, like the sound of a watch wrapped in cotton. I tried to breathe and yet the policemen heard nothing. I talked more quickly but the noise only increased.

I stood up and talked nonsense, moving my arms. Why didn't they go away? I wandered around the room, my steps heavy. The noise grew louder and louder. God! What could I do? The policemen were still talking and smiling. Was it possible that they did not hear the sound? God! No! No! They heard it! They suspected! They knew! They were playing with me! They were making fun of my horror! Anything was better than this pain! Anything would be better than this mockery! I couldn't bear their false smiles any more. I felt I had to cry or die! And now, again, listen! Louder! Louder! Louder! Louder!

"Villains!" I cried. "I won't hide it anymore! I admit that I have done it! Tear up the boards – here, here. It is the beating of his dreadful heart!"

THE PURLOINED LETTER
I

Nil sapientiae odiosius acumine nimio.
(Nothing is more hateful to wisdom than excessive cleverness. - Seneca)

Just after dark one evening in the autumn, I was with my friend Auguste Dupin, in his little library, on the third floor, at Rue Dunôt, Faubourg St. Germain in Paris, when suddenly the door of our apartment opened and an old friend of ours, Monsieur G..., the Chief of the Parisian police, came in.

We welcomed him warmly. We had not seen our friend for several years. Dupin rose to light a lamp, for we had been sitting in the dark. Then he sat again and G. said he had dropped by to ask Dupin's opinion about some official business which had raised a great issue.

"It is an issue that requires thinking. We might better examine it in the dark."

"Another of your weird ideas," said the Chief.

"Very true," said Dupin, as he gave the Chief a pipe, leading him to a comfortable armchair.

"And so what is the problem?" I asked. "I hope there have been no more murders."

"Oh, no; nothing of that nature. In fact what happened is very simple indeed and I think we can handle it by ourselves. But then I thought Dupin would like to know about the details. In fact it is so weird!"

"Simple and weird," answered Dupin.

"We have all been puzzled because the affair is so simple and yet confuses us completely."

"Perhaps the problem is its simplicity," said my friend.

"What nonsense!" said the Chief, laughing.

"Perhaps the mystery is a little too plain," said Dupin.

"My God! Who ever heard such idea as that?"

"So obvious!"

"Ha! ha! ha!" Screamed the Chief. "Oh, Dupin, you will be the death of me yet!"

"So in the end, what is the matter that is worrying you?" I asked.

"I will tell you," said the Chief, sighing and settling himself in his armchair. "Before I begin, I have to tell you that we need to keep this whole story secret, because I might lose my position if it were known that I told you."

"Go on," I asked him.

"I received personal information that a certain important document had been stolen from the royal palace. There is no doubt about the person who stole the document because he was caught in the act. It is known that the person still has the document."

"How do they know that?" Dupin wanted to know.

"It can be clearly deducted from the nature of the document and because certain events would have become apparent if he had used the document."

"Can you explain better than that?" I said.

"I dare to say that the document gives certain power to the man who owns it, in an area where power is worth a lot!"

"I don't understand what you mean," said Dupin.

"Well, if the document is revealed to a third person, the honor of someone of the highest level would be endangered. So this gives the owner of the document power over this important person. This person in question can lose honor and peace."

"But the thief has the power only if the owner of the document knows him. Who would dare?"

"The thief is Minister D...," said the Chief. "He is not a dignified person. He committed a clever and an audacious robbery. The document is a letter. To be honest, the woman received the letter when she was alone in her office. At the moment that she was reading it, the husband, who is a noble person, entered the room. She intended to hide the letter from him, but she didn't have enough time to do so. Then, she placed it open, as it was, on the table. The address was up, but the matter was hidden, so the letter was not noticed. At that very moment, Minister D. entered the room. He noticed the letter and the handwriting of the sender. He also observed the addressee's anxiety and guessed her awful secret. After dealing with some business, he took a letter from his pocket, pretended to read it and then put it near the other. He then talked for some time and before leaving, he took the lady's letter. The real owner of the letter saw everything but she couldn't call anyone's attention, because the husband was there! Minister D. left the room, his ordinary letter on the table."

"The thief knows that the woman knows he stole the letter," added Dupin.

"Yes," said the Chief. "And the power received by this act has been used for political intentions for months, in a dangerous way. The woman believes she must have the letter back. This cannot be done easily. She asked me to help her. She is desperate."

"No Chief of Police would be cleverer." said Dupin.

"Thank you," said the Chief.

"As you see, the letter is still with the Minister. He has the letter; he has the power in his hands. If he uses the letter, he loses his power."

"True," the Chief agreed. "That's why I decided to search the Minister's hotel. I needed to start this search without his knowledge. I have been warned of the danger if he suspects we are after it. He leaves the hotel very frequently, and doesn't have a lot of servants. The servants sleep far from the Minister's bedroom. I have keys that can open any room in Paris. For three months, I searched through the Minister's entire place. There is a huge reward out for the letter, and my reputation is at risk. I won't give up looking for the letter until I am convinced that the thief is smarter than me. I think I have searched every corner where the document could be hidden."

I then reminded the Chief that, although the letter might be with the minister, he might have hidden it somewhere outside his premises.

The Chief of Police thought that it wasn't the case. He said the Minister was involved in secret plans so the letter could be revealed any time.

"Is it possible that the letter is in his clothing?" I asked.

"No, it is not. I have, myself, sent thieves to search for the document in his clothing. They found nothing."

"I believe Minister D. is no fool and might have predicted that."

"I agree he is not a fool, but he is a poet, which means he is not far from a fool."

"Tell me how you started the search." I suggested.

"We searched everywhere. I have much experience in these matters. We snooped around the whole building, room after room, every night for a week. We searched around the furniture of each apartment. We opened the drawers and after that we searched in the chairs. We searched the cushions with long needles, which help to find hidden objects without leaving traces behind. We also removed the top of the tables."

"How come?"

"A person can remove the top of the table if she wants to hide something. They can also make a hole in the leg, dropping the object inside the hole and then replace the piece of wood. The legs of the beds and the bedposts are made the same way."

"But if you tap the wood you can find out if there is something inside, can't you?"

"Not if cotton has been placed around the object. Furthermore, we had to carry out our activities in silence."

"You might have searched piece by piece. You didn't take apart all the chairs, did you?"

"Not at all! We did more. We used a microscope to search all the furniture. Anything that had been changed would have caught our attention."

"Did you search all the mirrors, between the boards and the frames, the beds, sheets, curtains and rugs?"

"Of course we did, including the two houses connected to the main house."

"That's a lot of work!" I said.

"The reward is huge!"

"Did you search the grounds around the property?"

"Yes, we did. They are made of brick and were not that difficult to search. We looked in the moss between the bricks and found nothing at all."

"Did you look among the Minister's papers and in the books of the library?"

"Definitely! We opened packages, orders, turned the pages of every single book, measuring the thickness of the covers using the microscope. We would have noticed any recent signs of alteration. We examined five or six books which had come from the binder with the needles."

"Did you search the floors, under the rugs?"

"Absolutely. We took out the rugs and examined the boards with the microscope."

"And the wallpaper?"

"Sure."

"What about the basement?"

"Certainly."

"Then you are wrong and the document is not in the hotel."

"I believe you are right," replied the Chief. "What do you think I should do now, Dupin?"

"I think you should do a new search."

"I don't agree with you, Dupin. The document is not there."

"You have a precise description of the letter, don't you?"

"By all means!" The Chief took a notepad off his pocket and started reading a description of the document. After that he went away very worried.

II

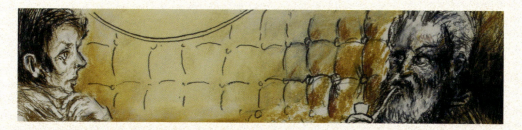

The following month he came over again. He took a pipe, sat down and started chatting with us.

"Tell me about the stolen document. I bet you realized that it is not easy being cleverer than the Minister."

"He is a disgraceful man! I made a new search but to no avail."

"How much is the reward?"

"It is enormous. I wouldn't mind giving a check of fifty thousand francs to the person who recovered that document. In fact, each day it becomes more important. The reward was recently doubled. There is nothing more I can do, even if the reward were tripled."

"I think you could have tried more. Talk to someone, maybe. Do you remember the story about Abernethy?"

"No. Forget Abernethy… I don't care."

"Once a rich man tried to get Abernethy's free medical advice. While he and his friends were talking, he started a private conversation with Abernethy: 'Let's imagine that a person has an illness, and that his symptoms are such and such. What would you have recommended him to take?' asked the smart man.

'I would recommend him to take a doctor's advice.'"

"I would take advice and pay for it. I would give fifty thousand francs to the person who helps me," said the Chief.

"So you can write the check to me. As soon as you have signed it, I will give you the document," said Dupin.

I was astonished and so was the Chief. He looked as if he had been struck by lightning. He stood still some time, looking at my friend, with fully open eyes. Then he took a pen and signed a check for fifty thousand francs, handing it to Dupin, who put it in his wallet. Dupin opened his desk, took out a letter and gave it to the Chief. The man grabbed the document and opened it with shaking hands. He then put it in his pocket and opened the door quickly, leaving without a word.

III

"The Parisian police are determined, smart, capable, and possess the knowledge their profession requires. When the Chief told us the way he had searched the building, I had no doubt his search was satisfactory to a certain point…"

"To a certain point…?" I asked.

"Their execution was excellent… If the document had been on the premises these policemen would have found the document."

I laughed, but Dupin spoke seriously.

"The attitudes were good and the search was well executed. It happens that the Chief exaggerated. He believes people hide things and letters inside the legs of chairs.

Hiding places are predictable and their finding depends only on the investigator's care, patience and determination. The Chief of police didn't consider that the Minister could have hidden the document right under the eyes of everyone, so that no one would notice it."

"The more I thought about the Minister's idea, the more I was convinced that he had hidden the document close by. I felt so sure that I went to his apartment one morning. He was lazing about, and while we talked I told him I needed to wear some glasses. While I pretended to pay attention to our conversation, I inspected the room carefully. I noticed a desk near where he sat with some letters and other papers spread randomly and also a few books and one or two musical instruments, nothing suspicious."

"Finally, I noticed a pasteboard card-rack hanging on a blue ribbon from a nail under the mantelpiece. Inside the rack, there were three or four sections with business cards and a letter. The letter was dirty, wrinkled and almost torn in two pieces. It had a large black seal with the initial 'D' and it was addressed, in tiny female handwriting, to the Minister himself. When I saw this letter, I realized it was the one I was looking for. It was different from the one which the Chief had described. This letter had a large black seal and the initial was D; on the other letter, the seal was red with the royal emblem of the S. family. On this letter, the address to the Minister was tiny and written in feminine script. On the other, the address to a certain noble person had been strong and determined. But the big difference between these two letters was the dirty, stained and torn paper, so different from the true habits of D., intending to delude anyone who saw it of its worth."

"I dragged out my stay, keeping up a lively conversation with the Minister, and keeping an eye on the letter. I etched its external appearance and position in the rack in my memory. If I had had any doubts they went away at that moment. When I inspected the edges of the paper I noticed that they had been folded and unfolded in opposite directions, using the same folds. It was obvious that the letter had been turned inside out, readdressed and resealed. I said good-bye to the Minister and left, leaving behind a gold tobacco box on the table."

"The next morning I came back to pick up the box and we once again began the talk from the day before. During our conversation, we heard gunshot and screams from the street outside. The Minister ran to the window, opened it and looked out onto the street. Meanwhile, I went to the card-rack and exchanged letters. Mine was a copy of the envelope which I had written in my apartment, with the same D sign, and a seal made of bread."

"The ruckus in the street had been made by a man with a gun. His weapon was considered inoffensive, as it had no bullets, only gunpowder. He was considered drunk or insane and set free. I had hired him! As soon as he left, the Minister walked away from the window. I soon walked out and left the building."

"Why did you leave a copy in the place of the real letter? Why didn't you just take the letter and walk away after your visit?"

"The Minister is a desperate and daring man. Besides, there are many faithful servants around him. If I had acted as you suggest, I may never have left the building alive. Nobody would ever know what had happened to me. I had a good reason to visit him. You know where my political faithfulness lies. In this matter, I am on the lady's side. As you may have noticed, she is the king's wife. For eighteen months, the Minister has had her in his power. At this moment, he doesn't know the letter is no longer with him and will act as if it were. So he is walking toward his own political ruin. I would love to guess his thoughts when the lady defies him to open the letter which I left in the card-rack."

"Did you put anything inside?"

"It would be an insult not to leave anything. Once the Minister played a trick on me in Vienna. I answered, good-humoredly, that I would take revenge someday. He knows my handwriting, so I wrote in the middle of the white sheet of paper the words...

> ... *un dessein si funeste,*
> *s'il n'est digne d'Artrée, est digne de Thyes*

"(A hateful scheme, if it is not worthy of Atreus, is worthy of Thyestes.)"

"Obviously, he will understand that phrase."

Glossary

Nouns

addressee – destinatário
annoyance – aborrecimento, contrariedade
archway – arcada, arco
astonishment – assombro, espanto
avail – utilidade
bargain – pechincha
bedding – roupa de cama
bedpost – pé ou coluna de cama
binder – encadernação, encadernador
blade – lâmina
bottom – fundo
brotherhood – irmandade, fraternidade
burst – explosão
butt – traseiro
card-rack – porta-cartas
cask – barril
charity – caridade
chest – peito, tórax
corpse – cadáver
county – região, condado
cricket – grilo
crowd – multidão
crypt – cripta
cushion – almofada

deer – veado
disinheritance – deserdamento, exclusão de herança
edge – borda, ponta
esquire – termo de tratamento, Ilustríssimo Senhor; (Brit); nos Estados Unidos, Mr.
expectation – esperança
expense – gasto
faithfulness – fidelidade
fellow – companheiro, amigo
groan – gemido
gunpowder – pólvora
handle – cabo
heir – herdeiro
inheritance – herança
issue – questão, problema
lane – pista, raia, travessa
layer – camada
leap – salto, pulo
lid – tampa
lightning – raio
limb – membro (braço ou perna)
lynx – lince
mantelpiece – aparador
marble – mármore

mason – maçom
merchant – comerciante
mockery – chacota, zombaria
mortar – argamassa
moss – musgo
motto – lema, moto
nonsense – bobagem
order – encomenda
pasteboard – papelão
path – caminho
pond – lagoa
post-mortem – autópsia, necrópsia
premise – propriedade, terreno
remark – observação, comentário
revenge – vingança
reward – recompensa
ridge – relevo
riverbed – leito do rio
row – fileira
ruckus – tumulto
rush – corrida
saddlebag – alforje
seam – fissura
search – procura, investigação
section – divisão
sender – remetente
shield – escudo
silk – seda

shoeprint – pegada
sliver – fenda
spade – pá
spot – ponto, lugar
stalking – perseguição
struggle – luta
swig – gole
switch – fecho
sword – espada, sabre
thickness – espessura, grossura
threat – ameaça
tool – ferramenta
torch – tocha
trace – pista
track – trilha
trial – julgamento
trowel – pá de pedreiro
vault – catacumba
velvet – veludo
vest – colete
vulture – abutre
waist – cintura
weapon – arma
wheelbarrow – carrinho de mão
whereabouts – paradeiro
will – desejo, vontade, testamento
wisdom – sabedoria
wound – ferimento, machucado, ferida

Verbs and phrasal verbs

to **break out** – irromper, começar (com violência ou barulho)
to **burst out** – romper, brotar
to **carry out** – agir, realizar, proceder, cumprir, levar a cabo
to **come forward** – apresentar-se, dar um passo à frente
to **come out** – surgir
to **count on** – contar com, confiar

to **crush** – esmagar
to **cut off** – cortar
to **cut up** – cortar em pedaços, desmembrar
to **deal** – negociar
to **defy** – desafiar
to **delude** – enganar, iludir
to **descend** – descer
to **drag** – retardar, prolongar

to **drain** – drenar
to **drop by** – parar para uma visita
to **ease** – acalmar, diminuir, atenuar
to **enclose** – envolver
to **endanger** – arriscar, pôr em perigo, expor
to **endear** – tornar estimado
to **engrave** – gravar
to **etch** – gravar
to **fall over** – cair
to **fasten** – fixar, prender
to **flatter** – bajular, adular
to **fly off** – soltar-se
to **fumble** – tatear
to **gaze** – fitar, encarar
to **get away with** – safar-se de um assassinato
to **get rid of** – livrar-se de
to **give up** – desistir
to **go down** – descer
to **go on** – continuar
to **grab** – agarrar
to **handle** – resolver
to **inherit** – herdar
to **keep up** – continuar
to **lay down** – deitar
to **laze about** – passar o tempo ociosamente
to **lead off** – conduzir, levar
to **leap** – saltar, pular
to **mutter** – balbuciar, murmurar
to **pick up** – pegar, levantar algo

to **plaster** – rebocar
to **pound** – zumbir, latejar, bater
to **press upon** – pressionar, forçar
to **pretend** – fingir
to **purloin** – furtar
to **raise** – provocar
to **realize** – compreender
to **retrieve** – recuperar
to **share** – compartilhar
to **sharpen** – aguçar
to **show up** – aparecer, chegar
to **sigh** – suspirar
to **slip** – deslizar
to **smooth out** – suavizar, resolver
to **snoop around** – bisbilhotar, procurar secretamente
to **spring** – emergir, surgir
to **stain** – manchar
to **strengthen** – fortalecer, intensificar
to **stretch out** – esticar
to **strike** – atingir
to **swear** – jurar
to **take apart** – desmontar
to **tear up** – arrancar
to **threaten** – ameaçar
to **thump** – bater com força
to **toast** – brindar
to **track** – seguir, rastrear, monitorar
to **trickle** – pingar, gotejar
to **turn over** – virar
to **wheel** – mover (com rodas)

Adverbs and prepositions

ahead – adiante, à frente
any further – qualquer outra
as soon as – tão logo, assim
at the fore front (locução) – à frente, na vanguarda
beneath – debaixo
beyond – além de
bloody – sangrento
delighted – encantado, feliz
further more – além do mais
indeed – de fato
nearly – quase
on behalf of – em nome de, em benefício de
randomly – aleatoriamente

Expressions and adjectives

as well – também
at ease – à vontade
be worth – valer
by all means – sem dúvida
catch one's attention – chamar a atenção de alguém
damp – úmido
dreadful – horrível
gloomy – embaçado, sombrio
good natured – bondoso
leer – olhar malicioso
long for – ansiar por
on the other hand – por outro lado
plain – óbvio, simples
puzzled – perplexo, intrigado
rotten – podre
shrill – estridente, agudo
sorrowfully – tristemente
stagnant – estagnada
striped – listado
suspicious – suspeito
take advantage of – tirar vantagem de
take revenge upon – vingar-se de
tight – apertado
tiny – pequena
to some extent – de certa forma
torn – rasgado
unsteady – inseguro, vacilante
winding – sinuoso
wise – esperto, sábio

Biografias

Edgar Allan Poe

EDGAR ALLAN POE nasceu em 19 de janeiro de 1809, na cidade de Boston, nos Estados Unidos. Filho dos atores de teatro Isabel Arnold Poe e David Poe, ele e seus dois irmãos ficaram órfãos muito cedo. Aos 2 anos perdeu a mãe; o pai desaparecera pouco tempo antes, abandonando a família quando Poe tinha apenas 1 ano de idade. Devido a essa situação, ele e uma irmã foram entregues a famílias distintas para serem criados, enquanto o outro irmão ficou morando com uma tia. Poe foi praticamente adotado por John Allan e sua esposa, prósperos comerciantes de Baltimore, na Virgínia, de quem, mais tarde, emprestou o sobrenome: Allan.

Poe cursou a escola primária em Baltimore, com os melhores professores da época e, pela situação financeira bastante agradável, pôde ser, mais tarde, enviado para estudar na Inglaterra, onde frequentou duas das escolas mais tradicionais do país: Misses Douborg, em Londres, e Manor School, em Stoke Newington. No entanto, seu espírito rebelde o fez tornar-se um rapaz um tanto explosivo, apesar de muito inteligente.

De volta aos Estados Unidos, escrevendo poesias desde a adolescência, Edgar Allan Poe mostrou ter talento para a literatura, o que não era visto com bons olhos por seu pai de criação, John Allan. Aos 17 anos, Poe ingressou na Universidade de Virgínia, onde se destacou em Línguas, mas saiu pouco tempo depois, endividado e proibido de continuar os estudos.

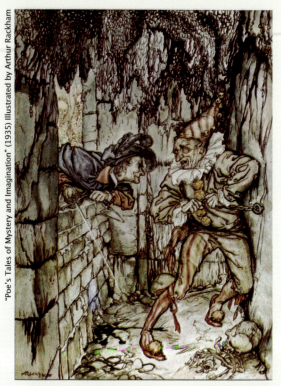

Montresor empareda Fortunato depois de enganá-lo. Ilustração de Arthur Rackham para o conto "O barril de Amontillado". 1935.

Após um desentendimento com o pai, saiu de casa e seguiu para Boston. Publicou sua primeira coleção de poemas, *Tamerlane and Other Poems*, em 1827. Passando por algumas dificuldades financeiras por não conseguir viver somente da literatura, resolveu alistar-se, sob o pseudônimo de Edgar A. Perry, no Exército, onde permaneceu servindo até 1829 – mas não se adaptou à carreira. Nessa época, quando também perdeu a mãe de criação – que tinha grande estima por ele –, reconciliou-se parcialmente com o pai adotivo. Em seguida, passou a escrever para viver e se tornou editor de uma conceituada revista de Richmond: a *Mensageiro Literário do Sul*. Retomou contato com a família biológica e morou por um tempo com a tia, o irmão e sua prima Virgínia em Baltimore. Durante todo esse período, Poe não parou de escrever, visto que almejava se tornar um escritor de sucesso. Depois, já na Filadélfia, conseguiu a publicação de uma edição aumentada de seus poemas.

Em 1830 foi admitido na Academia Militar de West Point, onde se tornou conhecido entre os militares por criar versos cômicos a respeito dos oficiais. Nitidamente, Poe não gostava da carreira, mas insistia em permanecer no Exército apenas para agradar à família adotiva e continuar contando com a ajuda financeira do pai. Nesse meio tempo, John Allan casou-se novamente e encontrou então uma recente carta em que Poe comentava "O Sr. A. não se encontra muito frequentemente sóbrio". Com isso, o pai adotivo cortou os benefícios dados ao filho, e os dois definitivamente romperam relações. No ano seguinte, Poe desligou-se da vida militar, mudando-se para Nova York. Mesmo já tendo publicado um terceiro volume de poemas, Allan Poe passou por dificuldades extremas nesse período, voltando a morar com a tia em Baltimore, onde passou a dedicar-se também à escrita em prosa. Seu irmão, já muito doente, faleceu em 1831. Ao vencer um concurso local com um conto, Poe começou a ganhar certa fama e o valioso apoio de um rico escritor da cidade: John P. Kennedy.

Em 1835, foi convidado a ser redator no periódico *Messenger*, de Richmond, cidade onde vivera a infância. Poe passou a enviar diversos poemas para suas páginas durante esse ano. Além disso, escrevia uma coluna sobre eventos literários. Nessa época, soube que não havia sido citado no testamento de John Allan, morto um ano antes.

Edgar Allan Poe, mesmo obtendo grande sucesso como jornalista, crítico literário e escritor, não conseguiu libertar-se de seus vícios. Demitido por beber demais, voltou a Baltimore, onde se casou secretamente com a prima Virgínia, na época com apenas 13 anos. Readmitido no periódico de Richmond ainda em 1835 – já que ter Poe como redator significava também muito sucesso –, o escritor voltou para a cidade levando a esposa e a tia, lá permanecendo até 1837. O jornal ganhou grande reputação graças ao talento de Poe, que aproveitou para publicar outros contos, conseguindo ainda mais reconhecimento.

Depois disso, Edgar Allan Poe morou em Nova York, onde conseguiu outro cargo de editor. Publicou seu primeiro romance. Passou a residir na Filadélfia em 1838. Em 1841 publicou, no jornal para o qual escrevia, seu conto policial mais famoso: *Os crimes da rua Morgue*. Sempre enfrentando dificuldades, Poe trabalhou em vários periódicos ao longo da vida. Em 1845 publicou

O interrogatório da polícia e o barulho incessante do coração. Ilustração de Arthur Rackham para o conto "O coração revelador". 1935.

O corvo, seu poema de maior sucesso. Havia muito tempo, almejava publicar e dirigir sua própria revista literária, feito que alcançou apenas nesse ano com a *Prospectus for The Penn Magazine*. Mas o negócio não prosperou e logo foi vendido para George Graham, que o unificou à sua própria revista, formando a *Graham's Magazine*.

A saúde da esposa, debilitada por uma tuberculose, obrigou-o a mudar-se para uma área rural em Nova York. Com a família em extrema pobreza, Virgínia morreu em 1847, período durante o qual Poe sofreu uma profunda depressão, buscando socorro na embriaguez e produzindo cada vez menos.

Em 1848 tentou suicídio, ingerindo uma grande quantidade de láudano. Numa tentativa de se reabilitar profissionalmente, Edgar Allan Poe buscou em vão libertar-se da bebida. Com planos de casar-se novamente e a promessa de emprego em Richmond, já com a saúde bastante prejudicada pela vida desregrada, Poe tencionava permanecer nessa cidade. No entanto, por motivos desconhecidos, viajou para Baltimore

Dupin aproveita a distração do Ministro para pegar a carta furtada e trocá-la por outra.
Ilustração de Frederic Lix/Yan Dargent para o conto "A carta furtada". 1864.

em 1849, onde foi encontrado com roupas de outra pessoa, em estado delirante, aparentemente por bebedeira e por uma dose de drogas, que poderia ter sido administrada de maneira forçada por eleitores da cidade que o obrigaram a votar nas eleições que estavam ocorrendo. O escritor foi levado ao hospital Washington College.

Edgar Allan Poe faleceu no dia 7 de outubro de 1849, por causas desconhecidas. Apesar disso, acredita-se que sua morte tenha sido provocada por uma lesão no cérebro que pode ser causada por emoções fortes, trabalho mental excessivo, doenças febris ou alguma doença infecciosa grave. No entanto, grande parte das causas de sua morte são apenas teorias, pois em nenhum momento o escritor conseguiu relatar com lucidez o que estava acontecendo.

O gênio da poesia e dos contos de mistério, terror e suspense morreu na mais absoluta miséria, de uma forma que, até hoje, permanece misteriosa e polêmica.

Gustave Doré. **Nevermore**. Ilustração feita para edição de 1884 de *O corvo*.

Telma Guimarães

NASCI EM MARÍLIA, São Paulo. Cresci no meio de muitos livros, pois meus pais sempre investiram muito na formação dos três filhos. Fui aluna de intercâmbio nos Estados Unidos, de onde voltei apaixonada pela língua inglesa. Cursei Letras na Unesp e lecionei Inglês em Campinas por muitos anos.

Quando meus filhos eram pequenos, costumava contar para eles, à noite, histórias que eu mesma inventava. Acabei colocando-as no papel e, depois de ter enchido alguns cadernos, resolvi encaminhá-las para as editoras. Como não obtinha nenhuma resposta positiva, continuava escrevendo. Só depois de quatro anos é que publiquei não só o primeiro livro, mas três! Daí é que não parei mais. Hoje são mais de cento e quarenta títulos, em português, inglês e espanhol.

Escrever em outra língua é muito bom... Pesquisar, buscar alternativas mais fáceis para uma frase ou outra. A língua é algo vivo, e eu me sinto cada vez mais motivada a essas novas vivências.

Desde as primeiras adaptações, tive a oportunidade de estar em contato com os textos clássicos, pensando na melhor forma de recontá-los. Agora o desafio foi ainda maior nas edições bilíngues desta coleção, com grandes textos da literatura mundial sendo cuidadosamente traduzidos e adaptados especialmente para você, jovem leitor.

Alexandre Camanho

NASCI NA CIDADE DE SÃO PAULO, em 1972. Estudei gravura e desenho com o artista Evandro Jardim, e artes plásticas na Universidade de São Paulo. Desde 1999 faço ilustrações, e em 2012 ganhei o Prêmio Ibera de Gravura. Além de livros, ilustro também jornais e revistas. Nos últimos anos tenho me dedicado a livros para crianças de todas as idades, procurando despertar a imaginação por meio dos desenhos.

Ilustrar este livro foi muito prazeroso e gratificante, pois Edgar Allan Poe é um dos autores de que mais gosto, e alguns dos contos aqui presentes estão entre os meus favoritos. Entrar no clima de suspense de seus textos é sempre emocionante, e para ilustrá-los foi preciso me envolver ainda mais nas histórias, o que foi fascinante e essencial para este trabalho.

Impresso em papel couché fosco 90g/m².
Foram utilizadas as famílias tipográficas Book Antiqua e Lucida Grande